A MISTERIOSA LIVRARIA YOKAI

不思議な妖怪書店

ELIEL BARBERINO

A MISTERIOSA LIVRARIA YOKAI

FARO Editorial

COPYRIGHT © FARO EDITORIAL, 2024

Todos os direitos reservados.
Nenhuma parte deste livro pode ser reproduzida sob quaisquer meios existentes sem autorização por escrito do editor.

Diretor editorial **PEDRO ALMEIDA**
Coordenação editorial **CARLA SACRATO**
Assistente editorial **LETÍCIA CANEVER**
Preparação **TUCA FARIA**
Revisão **BARBARA PARENTE**
Capa e diagramação **OSMANE GARCIA FILHO**
Imagem de capa **FARO EDITORIAL**

Dados Internacionais de Catalogação na Publicação (CIP)
Jéssica de Oliveira Molinari CRB-8/9852

Barberino, Eliel
    A misteriosa livraria Yokai / Eliel Barberino — São Paulo : Faro Editorial, 2024.
    160 p. : il.

    ISBN 978-65-5957-671-5

    1. Ficção brasileira 2. Japão – Cultural – Ficção I. Título

24-3823   CDD-B869.3

Índice para catálogo sistemático:
1. Ficção brasileira

1ª edição brasileira: 2024
Direitos de edição em língua portuguesa, para o Brasil, adquiridos por **FARO EDITORIAL**

Avenida Andrômeda, 885 — Sala 310
Alphaville — Barueri — SP — Brasil
CEP: 06473-000
www.faroeditorial.com.br

Aos meus sobrinhos, Lucas e Alana.

1

O CHEIRO DE PAPEL ANTIGO E INCENSO PAIRAVA no ar enquanto ele girava a chave enferrujada na fechadura da antiga livraria. A porta se moveu com certa dificuldade, pois havia permanecido fechada nos últimos nove meses. Ele a abriu lentamente, e um grunhido agudo se espalhou pelo ambiente. O lugar estava escuro, com um aroma de mofo que denunciava uma infiltração em alguma das paredes escondidas atrás de pilhas e pilhas de livros de todos os tamanhos.

Hiro Sato cerrava os olhos, tentando enxergar em meio àquela escuridão. Ligou a lanterna do celular, e por um breve momento pensou ter visto um vulto se esconder às pressas atrás de uma pilha de livros. "Uma assombração", pensou o rapaz. Afinal, um ambiente abandonado assim por tanto tempo costuma desenvolver naturalmente suas próprias histórias de fantasmas. No Japão existe uma lenda de que objetos com mais de cem anos de idade passam a ser animados por espíritos. Mas seu ceticismo o fez criar hipóteses ainda mais assustadoras: ratos. Ele preferia os fantasmas, obviamente.

O jovem de vinte e dois anos procurou o interruptor para tentar enxergar melhor naquele breu. Tateou a parede com receio de tocar em algum inseto. A tinta na parede já descascava e soltava com facilidade, desmanchando-se entre seus dedos ao toque. Enfim, encontrou o interruptor. Apertou-o, e uma luz fraca amarelada invadiu timidamente a loja, tornando nítida a bagunça que antes era visível apenas em silhuetas escuras e amorfas, que seu cérebro ordenava automaticamente na forma de ogros e outras criaturas assustadoras.

A paisagem não era nada convidativa. Hiro respirou fundo, reavaliando a situação. Talvez não tivesse sido uma boa ideia aceitar a herança deixada por seu velho avô. Talvez não tivesse sido a melhor das ideias trocar sua vida no interior do Japão por cuidar de uma velha livraria na capital. Por um milésimo de segundo decidiu dar meia-volta, trancar a porta da loja e voltar para sua cidade natal. Mas a ideia logo se dissipou de sua mente. Primeiro daria uma chance, mesmo que fossem apenas alguns dias.

Akira Sato, seu avô, fora um homem solitário, que após a perda da esposa, ainda bem novo, nunca mais tornara a se casar e passara a dedicar toda sua vida à modesta livraria. Era visto pela família como um velho excêntrico e de hábitos nada convencionais. Vivia entre os livros e parecia não se preocupar muito com a aparência. Hiro lembrava-se de visitar o avô com frequência até os doze anos de idade, mas que, após isso, as visitas haviam ficado cada vez mais raras. Naturalmente, o contato e as ideias que tinha a respeito do velho foram ficando mais vagas, e o limiar entre o homem real e o velho excêntrico já não era muito claro em sua mente.

Hiro havia crescido e passado a vida inteira no interior do país, em Kawaguchiko, uma cidade encantadora localizada na província de Yamanashi, famosa por sua proximidade com o Monte Fuji. A notícia de que tinha herdado uma velha livraria em Tóquio o pegou de surpresa. O avô deixara no testamento seus bens distribuídos aos quatro netos, e Hiro se sentiu levemente desfavorecido quando descobriu que tudo o que havia recebido fora o pequeno estabelecimento, a que a família dava pouco valor. "É só um lugar escondido cheio de livros velhos", sua mãe dizia.

Ela tentou persuadi-lo de que não seria uma boa ideia aceitar a herança. Afinal, o lugar acumulava dívidas e ficava num ponto bem escondido da capital, bem no centro de um beco estreito e labiríntico, os famosos yokocho da cidade, conhecidos por suas vielas cheias de bares e restaurantes aconchegantes. A maioria das pessoas que passavam por aqueles lugares eram japoneses apressados e turistas em busca de um lugar para comer. Quais seriam as chances de uma livraria vingar num lugar desses?

Mudar para Tóquio, todavia, não foi uma decisão difícil, pois o jovem planejava seguir a carreira de designer de games, pois havia recém se formado na área. A livraria seria útil a ele apenas como uma desculpa para se mudar para a capital, onde suas chances no mercado de trabalho seriam maiores. Afinal, era em Tóquio que as maiores empresas do ramo, em nível mundial, estavam instaladas. Sua estada na livraria seria provisória, ele pensava. Talvez a livraria pudesse se tornar seu escritório de trabalho. Sentiu-se culpado ao imaginar que precisaria se desfazer dos livros que seu avô tanto amava para isso. Mas a ideia de doar as obras tornou a tarefa mais aceitável.

Hiro não teve dificuldades de encontrar o prédio. Embora os anos tivessem passado, o lugar ainda era do mesmo jeito como se lembrava em suas memórias. Uma ruela estreita, tomada por exaustores, caixotes de madeira, galões de metal, plantas, placas de neon e lanternas orientais feitas de papel vermelho com enormes kanjis impressos, que à noite davam um charme único ao local. O lugar parecia ter parado no tempo.

A livraria ficava num prédio pequeno, o qual Hiro preferia ver como aconchegante. Mesmo em meio à bagunça de livros espalhados por todo canto, o rapaz conseguia ver um balcão de madeira nos fundos e uma escada que levava a um quarto com banheiro e uma minicozinha no segundo andar. Havia também uma porta de correr que dava para um ambiente externo, um jardim que ficava espremido entre a livraria e um enorme e moderno prédio comercial nos fundos. Era um pequeno pedaço de natureza esquecida em meio aos monólitos de concreto que se erguiam do chão em direção ao céu de Tóquio.

Hiro ficou parado por alguns minutos na entrada do estabelecimento, com as mãos na cintura, enquanto observava o caos a sua frente. Aquilo precisava de uma faxina profissional, mas ele não dispunha de dinheiro para contratar alguém para esse serviço. Precisava economizar o pouco dinheiro que tinha até conseguir pensar em alguma maneira de fazer aquilo lhe render alguns ienes.

Ser dono de uma livraria era uma ideia que nunca lhe passara pela cabeça. Embora gostasse de livros, via aquilo apenas como um hobby. Gostava bastante dos livros dos Murakamis, tanto Ryo quanto Haruki. Até aquela idade já havia lido uma quantidade razoável de obras, entre elas os clássicos que era obrigado a ler na escola, como o *Livro do Travesseiro* e textos clássicos como o *Genji Monogatari*, e até o enfadonho *Nihon Shoki* – uma compilação de textos históricos e mitológicos sobre a fundação do país. Mas ainda assim Hiro preferia os mangás, como todo jovem japonês, e por isso torcia para encontrar alguma obra rara no meio de tanto papel amarelado e traças.

Era difícil caminhar por aquele ambiente, pois um passo em falso o faria tropeçar numa pilha de livros e ser soterrado por uma avalanche de caixas cheias de volumes pesados, com capas duras e muita poeira. Aquilo realmente o faria aparecer em algum dos sites que ele costumava visitar quando mais novo, que catalogava mortes estúpidas mundo afora. Se não morresse daquela maneira, alguma alergia muito em breve acabaria com ele, disso ele tinha certeza.

Hiro atravessou a livraria e subiu as escadas até o cômodo superior para guardar suas coisas. Havia trazido consigo apenas uma mala com roupas e objetos pessoais. O quartinho, embora mobiliado, não estava em condições habitáveis. O lugar estava tão degradado quanto o primeiro piso. Seu avô havia adoecido e se afastara da velha livraria por muito tempo, deixando o local completamente entregue à entropia da natureza.

A família de Hiro tentara convencer o avô a vender o estabelecimento, mas ele se recusou veementemente e chegou a repreender os filhos por tentarem persuadi-lo de algo tão estúpido. Todo japonês sabe do poder da palavra de um patriarca, e como suas ordens têm o imperativo de não serem contestadas. A palavra dele era a final, e pronto.

13

O rapaz tinha um longo e árduo trabalho pela frente. Separar, catalogar, limpar e organizar toda aquela zona não seria uma tarefa das mais fáceis. Era a primeira vez que ele moraria sozinho. Ter um pequeno cômodo só para si era uma sensação maravilhosa, mesmo em meio a todo aquele caos. A partir de então, ele não precisaria mais dividir a casa com seu irmão mais novo; finalmente teria um lugar só seu... pelo menos era o que ele acreditava.

2

LEVOU CERCA DE DUAS SEMANAS PARA QUE HIRO conseguisse colocar tudo em ordem, ou em algo que se assemelhasse a uma ideia de ordenação. Não sabia se havia colocado os livros na estante correta ou se os temas estavam devidamente bem distribuídos pela loja. Vez ou outra pesquisava na Amazon o título de algum livro, tentando encontrar alguma ideia de em qual seção colocar a obra. Alguns títulos eram confusos, com palavras que davam margem para uma interpretação equivocada, e provavelmente havia muitas obras em prateleiras erradas. Mas, pelo menos, os livros não estavam mais espalhados pelo chão e a loja já ganhava a cara de uma livraria de verdade. Já havia um espaço por onde Hiro pudesse caminhar com segurança e receber os clientes.

Com tudo limpo e organizado, o ambiente era até agradável. As prateleiras tomavam todas as paredes, e no canto da loja ficava o balcão antigo. O chão estava um pouco desgastado, mas era de uma madeira bonita, ipê carbonizado, impermeabilizado com óleo de cedro. Um pouco de cera ali e o piso ficaria impecável. A mesa no centro da loja já era visível. Ali, o rapaz planejava colocar as obras em destaque, as novidades do mercado literário. Entre os momentos de organização, Hiro colocava no notebook vídeos que lhe davam uma pequena noção de como gerenciar uma livraria. Não parecia tão complicado: precisava gerir o estoque, estar por dentro das novidades e se atentar às contas.

Mexendo na papelada que encontrou na gaveta do balcão, descobriu que o lugar tinha as contas relativamente em dia. Seu avô, mesmo de cama, conseguiu manter a organização financeira do lugar. Isso deu ao jovem um alívio financeiro inicial. Havia se preparado para recorrer às suas economias para dar conta desses gastos iniciais, mas agora se via livre em parte.

Enquanto estivesse na loja, o rapaz planejava se candidatar a vagas que encontrasse em sua área, e até mesmo pequenos serviços de freelancer que o ajudassem a ganhar uma renda extra. Não cansou de repetir para si mesmo, durante os primeiros dias, que a livraria era apenas uma fase. Com um alívio nas contas iniciais, Hiro pensou em dar uma cara mais moderna à livraria. Naquele mesmo dia iria comprar plantas e objetos de decoração para tentar dar ao lugar um toque mais pessoal e aconchegante. Pensava também em implementar uma cafeteria na tentativa de atrair mais visitantes. Afinal, café e livros são uma perfeita combinação; todo mundo sabe disso.

No dia seguinte tudo já estava organizado, e a livraria, pronta para receber os primeiros clientes. Ele preparou um café para que o aroma da bebida desse ao lugar um ar mais agradável, colocou uma playlist de música ambiente no notebook e ali ficou parado atrás do balcão olhando para a rua pela vitrine, que estava organizada com os melhores livros que ele conseguiu encontrar no lugar. A primeira meia hora passou, porém, nenhuma alma viva pisou na livraria, embora naquele horário a ruela fosse bastante movimentada.

Foi quando percebeu, do lado de fora, uma figura com o rosto colado na vidraça, com as palmas da mão e o rosto espremidos contra o vidro, tentando enxergar dentro do ambiente. Hiro encarou com curiosidade a cena e, com o dedo, indicou a porta de entrada da livraria. O rapaz que espiava para dentro da loja sorriu e disse algo que o atendente não compreendeu, mas apontou para a entrada. Foi então que Hiro percebeu que a placa na porta continuava virada do lado em que estava escrito "fechado" e que, em nenhum momento, havia se lembrado de desvirá-la para anunciar que a livraria já estava aberta.

Ao abrir a porta, Hiro se sentiu um idiota e imediatamente corrigiu o equívoco. Encarou o rapaz que sorria para ele.

— Finalmente está aberta? — perguntou o jovem.

— Bem, eu acho que sim — respondeu Hiro, pouco confiante.

— Há muito tempo venho esperando a livraria abrir.

— Há muito tempo? — questionou Hiro.

— Sim. Desde que me mudei para Tóquio, eu passo por aqui todos os dias em direção à estação de Ikebukuro, onde pego o metrô para o trabalho. Uma única vez eu vi a livraria aberta e deixei para conhecer no dia seguinte. Mas não sei o que houve, porque longos meses se passaram e o estabelecimento nunca mais abriu. Esses dias, eu venho notando um movimento incomum dentro da loja. Parece que foi reformada, né?

Hiro ouvia aquilo atentamente, e ficou tocado com a história. Não havia parado para pensar que aquela loja pudesse ser importante para outras pessoas além de seu avô.

— Eu só dei uma organizada no lugar. Ela realmente ficou fechada por alguns meses. Pertencia a meu finado avô, e agora eu que estou no comando dela. — Aquilo soou de maneira imponente, pois Hiro se deu conta de que era responsável por algo que, de alguma maneira, parecia importante para alguém.

— Eu posso entrar? — perguntou o jovem, que parecia ser um estrangeiro. Ele tinha a pele negra, não retinta, cabelos crespos cortados bem baixo dos lados e alto em cima. Usava óculos arredondados e tinha um bigode tão discreto que mal podia ser visto. Vestia uma camisa branca social, e uma bolsa pendia do lado com sua alça transversal cruzando o peito do rapaz, que estava bem marcado na camisa apertada.

Hiro entrou e deixou a porta aberta. Não sabia como atender seu primeiro cliente, estava inseguro e não conhecia quase nenhum livro das prateleiras. Suas mãos suavam. Pensou em se desculpar antecipadamente por isso, pois sabia que não poderia fornecer ao cliente um atendimento à altura do que seu avô daria. Mas o homem era obviamente um estrangeiro; talvez não ligasse para o rigor japonês e até aceitasse o atendimento medíocre que Hiro lhe fornecia. De qualquer maneira, o notebook estava ligado sobre o balcão, e uma simples consulta na internet o socorreria caso fosse necessário.

— De onde você é? — perguntou Hiro.

— Brasil — respondeu o cliente, que olhava curioso para as prateleiras. Havia luzinhas de led, que Hiro passara por cima delas, dando um ar chamativo para o ambiente.

— Você fala muito bem nossa língua.

— Obrigado — respondeu o cliente com uma mesura e um sorriso surpreso. — Embora eu more nesta região há menos de um ano, já estou no país há algum tempo. Vim a trabalho. Na verdade, gosto muito da cultura de vocês. Talvez isso tenha um peso maior do que o próprio trabalho em minha decisão. Mas acredito que vocês já devam estar de saco cheio de ouvir os estrangeiros falando o quanto amam animes, histórias de samurais e a organização do país o tempo todo.

— Que nada. Para falar a verdade, eu nunca tive muito contato com pessoas de outros países. De vez em quando eu via algum turista estrangeiro passando por minha cidade, pois ela fica perto do Monte Fuji.

— Eu sonho em conhecer o Fuji. Parece um lugar mágico.

— É só uma montanha grande. Muito bonita, mas talvez eu já tenha me acostumado tanto com ela que tenha se tornado para mim apenas um detalhe na paisagem.

— Na verdade, ela é um vulcão — disse o estrangeiro de supetão, com um sorriso como se estivesse comunicando a Hiro algum segredo hermético, mas logo sua feição mudou. — Me desculpe, isso provavelmente é uma informação óbvia para vocês.

Ambos riram timidamente. Hiro foi para o balcão, esperando estar agindo como deveria, e deixou o jovem brasileiro à vontade. O rapaz olhava com curiosidade os livros, folheava alguns e depois os colocava de volta no lugar.

— Não tenho muito tempo hoje, pois estou a caminho do trabalho — disse o cliente, fazendo com que Hiro tirasse os olhos do notebook e voltasse sua atenção a ele. Era um rapaz bem sociável, e isso soava interessante aos olhos de Hiro, tão acostumado com o tato social mais reservado dos japoneses. — Outro dia passo aqui com mais calma. Fico feliz em saber que a loja está funcionando novamente. É sempre bom ter uma livraria por perto.

"Você mora por aqui?" foi o que Hiro teve vontade de perguntar, mas ele guardou a dúvida para si, pois não achou apropriado, poderia soar um tanto invasivo; e apenas consentiu com a cabeça enquanto o jovem de óculos e roupa social deixava a loja para trás com um aceno de mão e um sorriso lindo estampado em seu rosto.

Hiro sorriu imediatamente de volta para ele. A porta da loja se fechou, fazendo um pequeno sino preso a ela vibrar. O moço então pegou sua bolsa, pois se lembrou de que estava de saída para comprar coisas para a loja, até que uma mulher de cabelos rosa, vestindo um quimono e uma assustadora máscara de hannya, típica do teatro Noh, entrou pela porta e se dirigiu até o balcão. Hiro ficou assustado ao ver que a mulher o ignorou e se dirigiu até uma porta que levava ao jardim nos fundos da loja.

— Com licença, posso ajudar? — perguntou Hiro, incrédulo.

A mulher paralisou assustada, com a mão já na maçaneta, e olhou para o jovem. A feição da máscara hannya era medonha, com um sorriso largo e enigmático, olhos esbugalhados e tristes, além de um par de pequenos chifres. A cena causou calafrios em Hiro. Com uma voz fina e delicada, a mulher balbuciou:

— Co-como assim você pode me ver?

3

HIRO ESTAVA PETRIFICADO, COMPLETAMENTE assustado. Sentia-se como se fosse um personagem retirado diretamente de uma obra de realismo mágico de Haruki Murakami, o autor que tanto admirava. A situação era surreal e perturbadora; parecia desafiar todas as leis da lógica e ultrapassar as normas do comportamento humano. Mesmo diante da pergunta da mulher, ele ainda estava convencido de que aquilo só poderia se tratar de uma pessoa de carne e osso. Embora a figura da hannya fosse uma tradição cultural no país, não era comum ver pessoas usando essa indumentária fora do teatro tradicional, festivais de cosplay ou eventos culturais como matsuris. Nada ali parecia se encaixar, e as palavras da mulher vagavam em sua cabeça: "Como assim você pode me ver?"

— Claro que eu te vejo, eu não sou cego — respondeu o rapaz bruscamente, deixando toda polidez de lado, ao mesmo tempo que tentava controlar o breve pavor que se apoderava de seu corpo. Ele deu passos calmos na direção da saída da loja, pegou o celular no bolso da calça, sem saber se filmava a situação ou se ligava para a polícia.

— Óbvio que não é cego, isso posso ver claramente. O que quero dizer é que humanos não podem me ver, pelo menos não tão facilmente — respondeu a mulher com os braços cruzados.

"Humanos." Como assim? A situação ficava ainda mais desconcertante. Um frio percorreu a espinha dorsal do rapaz. Aquilo era uma brincadeira de mau gosto ou ele estava realmente diante de alguma assombração. Achou num primeiro momento se tratar de algum yurei — os famosos fantasmas japoneses. Já havia lido histórias sobre como essas assombrações conseguiam se materializar e aparecer para algum pobre infeliz.

No momento, o ceticismo de Hiro, erguido com zelo por tantos anos, parecia ruir como um castelo de cartas. Ele seguia várias tradições religiosas, como todo japonês, mas não acreditava nelas. Para ele, fazer visitas a templos e santuários, realizar preces e participar de festivais era apenas uma questão cultural. Lembrou-se então da história do velho Scrooge, que tremia diante dos fantasmas nos quais dizia não acreditar. Todas as histórias sobre onis, divindades e monstros que via nos mangás e mesmo nos contos sobre a formação do país eram, para ele, meramente simbólicas.

Na escola aprendera que o mito de Amaterasu fora algo puramente inventado pela elite local para garantir a ascendência divina do imperador nos tempos antigos. Foi um mero truque, uma jogada política para manter a família real no poder. Deuses, fantasmas e demônios não eram reais. Mas mesmo uma crença bem estabelecida em sua mente sobre a não existência de seres sobrenaturais não pareceu preveni-lo do pavor que sentiu naquele momento. Suas pernas tremiam como varetas de bambu e não respeitavam suas posições tão firmes sobre assuntos transcendentais.

— O que aconteceu, garoto? Parece que você viu um fantasma — disse a mulher, aproximando-se.

Hiro, tentando manter distância, moveu-se ao redor da loja, como se repelido por uma força magnética oposta, mantendo-se sempre afastado dela.

— Você não é um fantasma?

— Era só o que faltava! Você não está vendo meus pés? E outra, eu nem sequer estou vestindo um hitaikabukushi* como os fantasmas usam — disse ela apontando para a cabeça. — Você devia saber disso, que não é possível ver os pés de um fantasma.

— Então por que me perguntou se eu era capaz de te ver, por que me chamou de humano?

— Como eu disse, humanos não podem ver yokais — disse ela, com as mãos na cintura.

Hiro que já se sentia um pouco aliviado com o fato de a mulher não ser uma yurei, voltou a ficar atônito diante da afirmação de que ela era uma yokai. Sua respiração ficou agitada, sua vista escureceu, e sentiu uma leve tontura. Como assim uma yokai? Os

---

* O hitaikabukushi é uma faixa branca em forma triangular usada em cerimônias funerárias budistas no Japão. Ela é colocada sobre a testa do falecido como um símbolo de pureza, respeito e proteção espiritual. Os yurei, ou fantasmas japoneses, são frequentemente retratados flutuando, sem os pés, usando roupas brancas e vestindo essa faixa na cabeça.

yokais eram criaturas folclóricas, meros seres da ficção, só existiam nas lendas. Ele tentava se convencer.

Naquele instante se lembrou de quando seu avô lhe contou, na infância, da vez em que roubara um pepino de um kappa – uma criatura com aparência de sapo com casco de tartaruga, do tamanho de uma criança, que é retratado nas lendas sempre aprontando para cima dos humanos. O rapaz sempre viu aquilo como uma mera anedota que o velho contava repetidamente aos netos para mantê-los entretidos. Mas, naquele momento, percebeu que talvez seu avô não fosse apenas um velho excêntrico. E que pudesse talvez existir algo de real naquelas histórias que o velho homem lhe contara.

— Mas yokais não são reais, não podem ser — afirmou Hiro, tentando fazer com que a realidade se conformasse à suas crenças. — Isso é alguma pegadinha, não é? Tem alguém lá fora nos filmando, e isso vai acabar parando no TikTok. — O jovem olhou para a rua pela enorme vidraça, seus olhos percorreram cada canto da viela, mas viu apenas o velho yokocho desabitado, com vasos de plantas e galões de metal que serviam como apoio para plantas, e um gato que dormia sem preocupação.

— Deixa de falar bobagens, garoto. O que viria a ser um Tik Tok? Agora, deixando essas besteiras de lado, algo realmente me intriga. Gostaria de saber por qual razão você foi capaz de me ver. — A yokai se aproximou de Hiro, examinando-o. Ele já não tinha mais para onde fugir, e estava espremido entre uma prateleira de livros e a mulher de cabelos rosa e máscara assustadora. — Há muitos anos que não encontro um ser humano capaz de interagir comigo. Havia me esquecido de quão tolos vocês podem ser.

24

A campainha atrás da porta vibrou pelo ambiente. Uma jovem tímida entrou na loja. Hiro percebeu que ela não estranhou uma jovem mulher de quimono e máscara assustadora na loja. Provavelmente era verdade que só ele conseguia ver a hannya. Tentou se recompor, se afastou da yokai a olhando ainda de soslaio à medida que se distanciava e foi em direção ao balcão.

— Bom dia — saudou à cliente com a voz falhando.

— Bom dia — ela respondeu de maneira acanhada. — Estou procurando um livro chamado *Querida Kombini*.

— Você sabe o nome do autor ou da autora? — perguntou Hiro enquanto olhava assustado para a hannya atrás da cliente. O rosto do rapaz transpirava ao se dar conta de que realmente ele era a única pessoa ali capaz de ver a mulher.

— Sayaka Murata — respondeu a jovem. — É um livro que me foi recomendado para leitura nas aulas de literatura. Você conhece? É sobre o papel imposto às mulheres em nossa sociedade. Estou muito animada para lê-lo. Mas desculpa, acho que estou falando demais.

— Nada, que é isso. Parece muito interessante, realmente... Só me dê um segundo, por favor, enquanto eu procuro aqui em nosso catálogo. — Hiro continuava a olhar para a mulher de quimono que passeava pela loja.

— Já disse, humanos não podem me ver assim tão facilmente — disse a yokai.

Hiro tomou um susto e deixou escapar um pequeno gemido.

— Você parece um pouco nervoso, está tudo bem? — questionou a cliente enquanto olhava para os lados como se percebesse que ele olhava fixamente para alguma coisa que não ela.

— Eu, nervoso? Não — respondeu Hiro, com as sobrancelhas franzidas e um leve tremor nos lábios. — É que é meu primeiro dia atendendo aqui, apenas isso. — Ele deu um sorriso falso, e manteve os olhos na yokai, que naquele momento se aproximava novamente deles. — Temos um exemplar, sim. Está aqui bem perto — disse o rapaz indo na direção de uma das estantes. Por sorte, o avô de Hiro tinha um controle impecável da loja, e catalogou cada obra ali disponível.

A moça pagou, agradeceu ao rapaz e se despediu com o livro em mãos, enquanto Hiro comemorava a primeira venda da livraria sob sua direção. Talvez aquilo realmente pudesse ter um futuro, ele pensou. Foi quando o jovem voltou sua atenção à yokai, que continuava na livraria o encarando.

— Então, você é mesmo real, ou, talvez, seja só um delírio de minha parte — afirmou Hiro se aproximando da hannya. — Eu estou muito novo para estar enlouquecendo, isso me leva necessariamente à primeira conclusão.

— Claro que sou real, humano — disse ela dando um tapa na testa do rapaz. — Ainda tem dúvidas? Essa pancada não foi real o suficiente?

— Mas o que você está fazendo aqui em minha livraria? — disse o rapaz, alisando a testa onde havia recebido o golpe da mulher. — Por que estava se dirigindo ao jardim?

— Sua livraria? Garoto, caia na real. Este lugar não é seu, você apenas está aqui de passagem. Assim como várias outras pessoas já passaram por aqui antes. Caso não saiba, este lugar já teve várias formas antes desta livraria. Particularmente, tenho saudades de quando o local era uma velha casa de chá. Mas isso já tem mais de cem anos humanos. — Ela olhou para o teto e suspirou como se fosse tomada por alguma lembrança incômoda.

— Cem anos? Você tá me dizendo que frequenta este lugar há mais de um século? — perguntou Hiro com os olhos arregalados.

— Menino, um século não é nada para um yokai, ao contrário de vocês, humanos, que desaparecem tão rápido deste mundo. Sabe, eu chego a ter pena de vocês. Um dia vocês estão aqui, e no outro já se foram para sempre — disse ela gesticulando com as mãos no ar. — Vocês costumam ir sem mais nem menos. Nem se despedem. — Ela suspirou novamente. — Deve ser triste ser um humano, talvez não só mais triste do que ter a desventura de amar um humano. — Fez-se um silêncio. — Eu amava a casa de chá da qual lhe falei. Não pelo chá apenas, mas pelo senhor que morava aqui… enfim. Como eu dizia. Antes que este lugar fosse uma livraria, ele foi um açougue, lar de um gentil burakumin, e enfim a casa de chá… e antes que algum imóvel houvesse aqui, ele foi um lugar sagrado. Venha, veja — disse ela começando a caminhar.

A yokai se dirigiu até a porta que dava ao pequeno jardim nos fundos da loja. Hiro a seguiu enquanto deixava seu avental em cima do balcão. O jardim era modesto. Havia no canto um centenário cipreste japonês, envolto por uma shimenawa — uma corda que os japoneses colocam em torno de árvores consideradas sagradas para o xintoísmo. Ao ver a shimenawa amarrada em volta do ciprestre, Hiro passou a entender o que a yokai estava dizendo. Um pouco à frente da árvore havia um minúsculo jinja, ou santuário xintoísta, feito de madeira já bem desgastado, em completo estado de abandono.

— Não percebeu que na entrada do yokocho há um portão torii? — perguntou a yokai.

E Hiro se lembrou do enorme portal vermelho, que parecia um poleiro de pássaro, que ficava instalado bem na entrada do beco onde sua livraria ficava. O jovem sabia que todo torii marcava a entrada de um local sagrado pelo xintoísmo, e muito provavelmente ele estava ali para indicar o pequeno jinja que havia nos fundos de sua livraria.

— Você está em um lugar sagrado, e não se surpreenda se encontrar outros yokais por aqui. Antes de este lugar pertencer aos humanos, ele era o lar de uma divindade. Ele pertencia a seres sagrados, por isso, se considere um mero hóspede aqui.

O rapaz estava completamente concentrado tentando digerir todas aquelas informações. Ele nunca fora uma pessoa que se considerava espiritualizada. Sabia que seu velho avô costumava visitar templos e santuários pela região, e quando pequeno chegou a visitar esses locais com o homem.

— Meu avô era capaz de te ver? — perguntou Hiro à hannya.

— Não. Ele era uma pessoa simpática. Eu gostava de me sentar na livraria e ouvir as histórias que ele contava aos clientes. Ele era de uma sabedoria incrível para um humano. Não à toa se cercou de livros. Não acho que você o tenha puxado. Mas se ele deixou essa livraria sob seu comando, posso te dar um voto de confiança. Não por você, mas pelo que conheci de seu avô. Ele tinha um coração e uma mente enormes.

Hiro sempre ouvira da família que seu avô fora um velho excêntrico, e nutria essa impressão dele desde então. Os anos afastados do patriarca da família não permitiram que avô e neto se conhecessem mais profundamente. Naquele momento Hiro se entristeceu, pois percebeu que talvez aquela ideia que tinha sobre a pessoa de seu avô não fosse tão precisa. Lamentou não ter conhecido o homem que lhe havia deixado a livraria como herança. Percebeu naquele momento que a livraria talvez fosse o bem mais precioso que seu avô tinha. E ele a deixara justamente a seus cuidados.

4

ERA UM FINAL DE DIA CHUVOSO EM TÓQUIO. HIRO terminava de enviar e-mails aos fornecedores, encomendando livros novos para a livraria. Embora tivesse bastante material disponível, os meses em que a livraria ficou fechada fizeram com que o catálogo ficasse defasado. O rapaz buscava os títulos mais recentes, pois a procura por lançamentos havia se intensificado naquele mês, e ele precisava manter o estoque sempre atualizado para atender os clientes.

O rapaz se habituou rapidamente à livraria. Após ouvir da yokai sobre seu avô, passou a ver o lugar com outros olhos. Não havia conseguido ainda nenhuma entrevista de emprego para sua área, e aquilo já não o incomodava tanto como algumas semanas atrás. Estava gostando de estar em meio aos livros e buscava conhecer cada vez mais sobre o assunto. Assistia a vídeos no YouTube e Reels no Instagram procurando entender quais eram as leituras da moda. Seguia influencers, procurando dicas de quais livros estavam viralizados para poder ter em seu catálogo.

Não somente se preocupava com o catálogo, mas começou a pensar em como deixar todo o ambiente mais interessante. Um tom mais quente e aconchegante nas paredes ou um letreiro em neon cairia muito bem para chamar a atenção de turistas, pois ele sabia que os yokochos de Tóquio eram muito visados por estrangeiros para fazer fotos. A livraria precisava ser "instagramável", termo que ele havia aprendido fazia poucos dias. Assim a loja foi ganhando cada vez mais personalidade. Um bonsai aqui, uma fonte ali, mais luzinhas de led penduradas pelo ambiente, cactos e suculentas ao lado de livros. Após fazer o que podia ser feito com o tempo e o dinheiro disponível naquele dia, o rapaz sossegou.

Sentou-se à mesa no centro da livraria e começou a apreciar a chuva que batia no toldo da loja e produzia um ruído branco agradável. Foi quando percebeu o rosto do brasileiro na vidraça. Ele usava um guarda-chuva transparente e acenava para Hiro, que sorriu ao vê-lo. O jovem japonês se levantou e foi em direção à porta.

— Olá, pode entrar — disse Hiro, sorridente.

O rapaz com guarda-chuva apontou para a placa, que mais uma vez estava indicando que a loja estava fechada. Hiro deu uns tapas na testa. Novamente havia se esquecido de virar a placa. Ele havia saído à tarde para buscar insumos para o café, e na volta não se lembrou de colocar a placa com os dizeres "aberto, sejam bem--vindos" do lado correto. O movimento ainda não era dos melhores, por isso ele mal sentiu falta da clientela.

"Eu sou um burro", ele pensou consigo mesmo. O brasileiro fechou o guarda-chuva e o colocou no cesto próprio para isso que ficava ao lado da porta. Retirou o suéter e o segurou nas mãos.

— A cidade fica realmente muito bonita na chuva, não acha? — perguntou o estrangeiro.

Hiro apenas concordou meneando a cabeça. E disse, sorrindo:

— Fique à vontade, se precisar de algo estarei no balcão.

— Obrigado, pode deixar. Aliás, como se chama?

— Hiro. E você?

— Miguel.

— Miguel, bonito nome latino.

— Significa "aquele que é como Deus". E o seu, o que significa?

— Ao pé da letra, algo como grande, tolerante ou até mesmo oceano. Nosso idioma tem muitas nuances, e às vezes deixar algo subentendido e com mais de um significado possível é bem comum. Muitas palavras têm referência apenas no contexto em que é falada. Mas como você estudou o idioma, pois fala muito bem, talvez já tenha percebido isso... Mas então, Miguel, conseguiu um tempinho após o trabalho para procurar livros?

— Eu disse que estava devendo uma visita com calma a sua livraria. E aqui estou.

— Eu comprei uma cafeteira um pouco melhor, agora posso lhe oferecer uma bebida digna — disse Hiro, apontando para a máquina de café no balcão.

— Você tá fazendo um ótimo trabalho aqui — disse Miguel, apreciando os detalhes novos do lugar.

Ambos deram um sorriso sincero, e Hiro voltou sua atenção ao notebook para checar se não havia esquecido de nenhuma tarefa para aquele dia. Miguel comprou apenas um pequeno livro de gramática japonesa e se despediu sem muitos rodeios. O rapaz parecia nervoso, como se quisesse ficar mais tempo, mas não tivesse razão para isso. Hiro sentiu como se devesse ter dado mais atenção ao rapaz. Por alguma razão, gostava da presença dele naquele lugar.

As horas se passaram e nenhum cliente visitou a livraria, a não ser um casal francês buscando informações sobre a estação de metrô mais próxima. Hiro já estava bem cansado, e resolveu fechar a loja um pouco antes do que deveria. Trancou a porta, verificou se a plaquinha de fechada estava devidamente virada. Apagou as luzes. A chuva caía ainda mais forte, e a luz amarelada da rua iluminava com timidez a livraria.

Hiro sentiu uma sensação diferente. Estava totalmente sozinho na cidade grande, sabia que sua família estava a muitos quilômetros de distância. Que do lado de fora a cidade fervia, com milhares de pessoas voltando de seus empregos, cansadas, estressadas e famintas. Algumas desesperadas para chegar em casa, outras sem ter para onde ir. Mas Hiro estava em paz, se sentia seguro e bem acomodado. Aquele pensamento de maneira consciente o deixou ainda mais contente. Talvez se aventurar na cidade grande não fosse tão complicado. A agitação de Tóquio não podia tocá-lo. O estresse da capital não parecia afetá-lo. A livraria era uma espécie de refúgio. O som da chuva acentuava ainda mais essa sensação de bem-estar que envolvia o rapaz.

Olhou para a mesa no centro do estabelecimento e viu um suéter largado ali. Miguel havia esquecido. Era um suéter lilás. Ele o pegou em suas mãos e sentiu a textura do casaco. Aproximou-o do rosto, tinha uma textura agradável. O perfume era ainda mais gostoso. Hiro respirou ainda mais fundo com o suéter colado ao rosto. Olhou para os lados e vestiu-o enquanto abraçava o próprio corpo. Era uma sensação que ele não conseguia distinguir. Por que estava fazendo aquilo? O ruído da chuva escorrendo pelo toldo do lado de fora foi quebrado pelo som de uma tosse seca no interior da livraria.

Hiro olhou ao redor e não viu nada. O barulho da tosse veio do balcão. Havia uma sombra escura, pequena, sentada em cima do móvel, movendo as pernas como uma criança sentada numa cadeira alta.

— Você gosta dele, eu posso ver — disse uma voz aguda e rouca, e ao mesmo tempo infantil.

Hiro se afastou de medo, tropeçando na cadeira, e tombou no chão.

— Quem está aí?

— Era eu quem deveria estar perguntando isso.

Hiro percebeu se tratar de outro yokai. Ainda não havia se acostumado com a ideia de que era capaz de ver essas criaturas perambulando livremente pelo mundo. Desde o último encontro com a hannya, tentava se convencer de que aquilo tinha sido coisa de sua cabeça, e mesmo que voltasse a acontecer, não seria com tanta frequência. Tentou ignorar o assunto se dedicando ao trabalho, e havia conseguido não pensar naquilo, até aquele momento.

Hiro se escondeu atrás da mesa, agachado, tentando identificar a criatura que falava com ele.

— Deixa de ser medroso, se eu quisesse te devorar já teria feito isso desde que você invadiu minha casa.

— Sua casa? Esta livraria pertencia a meu avô, e agora é minha. Eu tenho a escritura.

— Vocês, humanos, são tão inocentes. Acha mesmo que é um pedaço de papel que te dá o direito de possuir algo? Eu habito aqui antes que seu avô viesse ao mundo. Mas não se importe, eu me

35

acostumei com os humanos. Até porque não tive escolhas. Sabia que uma vez devorei dois humanos na mesma semana e acabaram enviando um exorcista atrás de mim? Desde esse dia prometi a mim mesmo que não me meteria mais nesse tipo de situação, não importasse o quão saboroso parecesse o humano.

O yokai se colocou de pé em cima do balcão e saltou em cima da mesa onde Hiro se escondia. O impacto fez a mesa balançar e o rapaz se lançar para trás. De mais perto Hiro conseguiu enxergar os detalhes da criatura. Era um monstrinho humanoide, uma espécie de ogro, com a cabeça grande em relação ao resto do corpo, uma barriga saliente, como uma criança, porém, sua pele era avermelhada, e o rosto de feições monstruosas, com dentes caninos que saíam da boca e um minúsculo chifre no topo da cabeça. O yokai usava uma tanga de pele de tigre e tinha olhos grandes e fofos que contrastavam com sua aparência. Hiro não possuía um conhecimento profundo sobre yokais, mas como qualquer japonês, reconhecia fácil as características de um oni.

— Você é um oni?

— Claro que sou um oni, o que mais eu poderia ser?

— O que você quer comigo? — disse o rapaz com a voz trêmula.

— Com você? Nada. Que diabos de assunto eu teria com um humano? Eu só cansei de ficar escondido em minha própria casa e resolvi sair para bater um papo. Aliás, percebi que você gosta do humano de óculos.

— Como é?

— Não se finja de tolo, tá estampado na sua cara. Vocês são muito previsíveis.

O medo que o rapaz sentia se converteu em vergonha e constrangimento.

— Sempre ouvi falar que os onis são criaturas maléficas...

— Nós não somos bons nem maus. Esses conceitos morais pertencem apenas aos humanos. Nós apenas somos o que temos que ser. Alguns de nossos comportamentos serão vistos por você como maus, outros como bons. Mas acredite, é tudo uma questão de ponto de vista. Certa vez conheci uma jovem kami que era uma divindade da chuva. Em um determinado vilarejo, próximo a um rio, ela era temida por causar inundações, e em outro, mais árido, venerada por regar e abençoar as plantações. Mas tudo o que ela fazia era fazer chover. Entende meu ponto? Provavelmente não, não sei por que cismo em explicar as coisas aos humanos.

Hiro se levantou com cautela. Encarou o pequeno oni com curiosidade e disse:

— Também achei que vocês fossem maiores...

O rosto do yokaizinho se contorceu enquanto cerrava os punhos. Embora tentasse demonstrar uma aparência feroz, seus grandes e meigos olhos não ajudavam.

— Olha, humano, você está brincando com o perigo. Eu já devorei homens que tinham o dobro de seu tamanho, então, tenha cuidado com o que diz.

— Como você disse, se quisesse me fazer algum mau, já teria feito antes — disse Hiro se colocando de pé, batendo as mãos na calça para limpá-las, fazendo o oni parecer ainda menor. — E já que vamos dividir a mesma casa, precisamos ter uma boa convivência.

— Você tem razão. Vejo que é bem inteligente para um humano.

Hiro sentiu-se aliviado ao ver que o oni parecia estar disposto a uma conversa mais pacífica. A chuva continuava a bater suavemente no toldo e nas janelas da livraria. Após um silêncio, Hiro falou com calma:

— Eu não tenho a intenção de incomodá-lo, apenas quero cuidar da livraria como meu avô fazia, para que todos possam desfrutar do espaço.

O oni olhou ao redor, parecendo avaliar a situação. Seus olhos grandes e expressivos observavam Hiro com atenção.

— Muito bem, humano. Se você puder manter esta casa em ordem e garantir que eu tenha um lugar seguro e acolhedor, poderemos conviver em paz — o oni respondeu com uma voz menos agressiva. — Aliás, vi que você tem café aqui. Se puder me dar um pouco eu posso te proteger de possíveis yokais que queiram te devorar. Temos um trato?

Hiro concordou, satisfeito com o acordo informal que estavam fazendo. Ele não sabia exatamente como seria conviver com um oni, mas estava disposto a aprender e a se adaptar. A criatura não parecia perigosa, e como havia dito, se fosse para fazer algum mal a ele, já o teria feito. O rapaz tentava entender por qual razão passara a ver essas criaturas. Mas precisava se adaptar ao fato de que aquele tipo de coisa seria algo recorrente em seu dia a dia.

O oni saltou da mesa e se sentou novamente no balcão, balançando as pernas. Hiro retirou o suéter lilás que Miguel havia esquecido e o dobrou com cuidado, colocando-o de lado para devolvê-lo ao amigo na próxima visita.

— E quanto ao humano de óculos? — o oni perguntou, retornando ao assunto.

Hiro sorriu timidamente, sentindo seu rosto corar novamente. Ele pensou em Miguel, e como tinha se sentido bem em sua companhia. Talvez fosse apenas o início de uma nova amizade.

— Miguel é uma pessoa especial. Ele tem sido um bom cliente e parece ser um bom amigo — Hiro respondeu, tentando manter o tom casual.

O oni soltou uma risadinha, aparentemente divertido pela reação de Hiro.

— Parece que as coisas estão ficando interessantes para você, humano.

Hiro deu uma risada nervosa.

— Não sei aonde você quer chegar com esse papo.

O oni sorriu.

— Agora me dê um pouco de café, por favor.

Hiro se sentiu à vontade com o pedido e ofereceu uma xícara de café expresso ao pequeno yokai, que degustou a bebida com um sorriso infantil no rosto.

— Aliás, me chamo Mochi — disse o yokai entre uma bebericada e outra no café.

— Mochi — repetiu Hiro. — Que nome engraçado. Por que alguém se chamaria bolinho de arroz?

O oni lançou a ele um olhar reprovador, mas logo depois sorriu.

Enquanto tomava a bebida, Mochi começou a contar algumas histórias antigas sobre a cidade e seus moradores, sobre os habitantes antigos da loja, inclusive o avô de Hiro, que ouvia atentamente. A chuva continuava a cair do lado de fora da livraria, ainda mais intensa, enquanto um humano tomava café com um yokai em uma pitoresca livraria de Tóquio.

5

OS CLIENTES COMEÇAVAM POUCO A POUCO A aparecer na livraria, e isso deixava Hiro mais tranquilo quanto ao futuro do estabelecimento. Ainda não era o público ideal, mas as vendas dos livros começaram a aparecer à medida que o rapaz foi atualizando o catálogo da loja. Os yokais começaram também a ficar mais comuns pelo ambiente. Vez ou outra uma dessas criaturas passava pela loja e se dirigia até a porta dos fundos, que dava para o jardim onde ficava o velho santuário. Naquela manhã haviam sido dois monges, cabeçudos com um olho apenas cada, que passaram conversando. Hiro fingia que não os via passar para lá e para cá, com receio de os clientes perceberem e acharem que ele estava enlouquecendo. Por outro lado, o rapaz não queria que todo yokai soubesse que ele era capaz de enxergá-los. Aquele parecia ser um limite razoável.

A hannya de cabelos rosa passava sempre pela loja. Ignorava Hiro, da mesma maneira que ele a ignorava. Naquele dia a yokai observava a rua pela vidraça da vitrine. Ficou estática em sua contemplação por longos minutos até que Hiro resolveu se aproximar e perguntar se estava tudo bem.

— Desculpe. Você é sempre tão contemplativa assim?

A yokai o olhou e não disse nada. Ele se afastou entendendo que talvez ela não quisesse conversar e ficou a observá-la. Embora ela usasse uma máscara assustadora, sua voz era meiga e denunciava uma personalidade nada hostil. Hiro atendeu um cliente que procurava um livro de história, e após o homem deixar a loja ele se sentou próximo à hannya.

— O dono da casa de chá... — disse Hiro, e ela o encarou com surpresa. — Você gostava muito dele, não é? Sente falta dele.

— Por que vocês, humanos, têm que ser tão insignificantes?

— Eu só estou tentando ajudar.

— Eu sei, você não me entendeu. — Ela se sentou ao lado do rapaz. — A existência de vocês é tão insignificante; vocês passam tão rápido por este mundo que num piscar de olhos vocês já não estão mais aqui. A vida de vocês é tão curta... isso que quero dizer.

— Isso é uma questão de perspectiva. Eu acredito que sessenta ou oitenta anos é uma quantidade de tempo razoável para se viver.

— Alguns insetos vivem apenas alguns dias. Se um inseto pudesse argumentar contigo, ele diria que três dias ou uma semana é tempo suficiente. Eles só diriam isso porque é tudo o que eles têm. — Ela fez silêncio. — Você já pensou se por acaso se apaixonasse por uma criatura que tivesse apenas três dias de vida? Não lhe parece pouco se comparado com os anos que os humanos vivem?

— Agora entendo... Esse senhor, você o conhecia bem? Ele era capaz de te ver?

— Sim. E nem sempre ele foi um senhor. Nos conhecemos aqui neste jardim. Ele vinha fazer suas preces toda manhã. Era um rapaz jovem e muito bonito. Tinha um senso de humor muito agradável, e uma inteligência acima da média. Ele nem sequer ficou assustado quando me viu pela primeira vez. Ao contrário dos humanos atuais, as pessoas antigamente sabiam de nossa existência, mesmo que não nos vissem.

— Nossa geração está cada vez mais cética.

— Vocês deixam de ver coisas maravilhosas na vida, pelo simples fato de não acreditarem que maravilhas possam existir.

— Você sente muita falta dele?

— Demais. É um sentimento eterno.

— Yokais não morrem?

— É claro que morremos, mas não é algo tão simples assim de acontecer. Tudo neste mundo chega a um fim. A única coisa eterna é o próprio universo. Enquanto meu momento não chega, eu carrego comigo a lembrança dos dias em que tive a companhia de Minamoto. Para cada canto que eu olho eu o vejo. Lembro dos momentos que passamos juntos... Eu nem pude me despedir.

— Você está de alguma maneira presa a este lugar por causa disso? É uma espécie de assunto inacabado, ou coisa do tipo?

— Não. Eu poderia ter ido para qualquer outro lugar que quisesse. Se eu fico aqui é porque eu quero. O amor é uma escolha da vontade. — A hannya se levantou, e olhou para fora da livraria. A chuva começava a cair naquele momento. — A gente amava contemplar a chuva enquanto ele lia seus poemas para mim. Eu era feliz, garoto, e nunca mais em minha existência eu experimentei algo do tipo.

Hiro a encarava, compenetrado.

— Se algum dia encontrar alguém que te faça sorrir apenas pela presença dele, não perca tempo e agarre a oportunidade. Não quero te assustar, mas seu tempo é curto.

A hannya caminhou até a porta da frente e foi em direção à rua, como se quisesse se molhar na chuva propositalmente, se lembrando de algum momento que vivera com Minamoto. Hiro estava em completo estado contemplativo. Levantou-se e admirou a chuva. Voltou para o balcão, se agachou procurando algo ali embaixo e encontrou o suéter de Miguel. O simples toque na peça fez o coração de Hiro acelerar e um sorriso brotar em seu rosto. Ele alisava o suéter ao som da chuva. As lâmpadas de led piscavam dentro da livraria num ritmo desacelerado, lançando ora o ambiente em suave escuridão, ora numa coloração quente e aconchegante. "Meu tempo é curto?", ele pensou.

6

NAQUELA NOITE HIRO DEMOROU A PEGAR NO sono. Ficou pensando em tudo o que a hannya lhe dissera. Que seu tempo era curto, que se encontrasse alguém de quem gostasse realmente, deveria agarrar a oportunidade. A imagem de Miguel não saía de sua cabeça. O rapaz não entendia por que o brasileiro era a primeira pessoa que lhe vinha à mente quando pensava nisso. Era algo natural. Tentou se desvencilhar desses pensamentos ao dirigir suas preocupações à yokai. Na perspectiva dela, deveria realmente ser muito triste se apaixonar por um humano.

— Aquela mulher me mete medo — sussurrou uma voz atrás do rapaz, que fez com que ele gritasse de susto.

— Nunca mais faça isso! — Hiro disse enfurecido com o pequeno oni, que misteriosamente aparecera sentado no futon.

— Você ainda não se acostumou mesmo. Você precisa estar sempre alerta, pois você nunca estará sozinho. Há yokais por todas as partes te observando nas sombras. Quando você vai dormir, os yokais te observam, quando você vai ao banheiro, lá pode ter um yokai à espreita. Sabia que existe um de nós cuja única função é lamber a sujeira dos banheiros?* Não me pergunte a razão, eu também não entendo. Mas ele está lá, goste você ou não.

— Como eu nunca vi vocês antes? Por qual razão só estou percebendo isso agora? — questionou Hiro enquanto se colocava de joelhos no futon observando a criaturinha.

— Alguns humanos são capazes de ver o mundo espiritual, mas apenas com o auxílio de alguma força poderosa. Esta livraria foi construída ao lado de um santuário, e não apenas isso, o cedro no jardim era o lar de kodamas poderosos. Você está num ambiente sagrado, isso com certeza tem influenciado. Você não costumava frequentar muitos templos e santuários antes, né?

— Realmente não. Nunca fui ligado nisso.

— Isso explica muita coisa. Talvez nos tivesse percebido antes se passasse mais tempo num lugar sagrado. Mas como eu dizia, não se sinta tão à vontade assim a ponto de esquecer que você nunca estará sozinho. Nem pense em trazer rapazes para cá, ouviu? Eu não sou obrigado a assistir certas coisas. Vocês, humanos, têm hábitos nojentos.

— Mas o que você está insinuando, seu porquinho-da-índia? — Hiro se lançou sobre Mochi, mas a criatura foi mais rápida que ele, pulou para longe do colchão e correu de maneira desengonçada escada abaixo.

* O autor se refere ao Akaname, uma criatura do folclore japonês que aparece em banheiros sujos e usa sua língua longa para lamber a sujeira acumulada.

— Humanos não gostam de ouvir verdades, isso é uma das fraquezas de sua espécie — disse o yokai se escondendo atrás do corrimão da escada. — Mas calma — disse ele levantando uma bandeira branca, que Hiro não soube de onde saíra. — Eu não apareci aqui para jogar verdades na sua cara, terei outros momentos mais apropriados para isso. Quero te mostrar algo... venha.

Hiro se levantou curioso e seguiu o pequeno oni escada abaixo. A luz da lua clareava timidamente a livraria, e o local estava em completo silêncio, até Mochi começar a vasculhar e revirar umas caixas que ficavam numa espécie de armário debaixo da escada, o qual o rapaz havia se prometido arrumar com calma qualquer dia. Eram pertences de seu avô. Caixas com objetos pessoais do homem que o rapaz olharia com calma para ver se havia algo de valor.

Mochi examinava as caixas, abrindo-as e lançando itens para fora delas, quando parou e coçou a cabeça.

— Eu tenho certeza de que eu vi por aqui.

— Viu, o quê? — perguntou Hiro.

— O que quero lhe mostrar, mas evidentemente você deve saber que certeza não é indicativo de verdade, não é? Por isso eu posso estar enganado.

— Como assim?

— Uma certeza fala apenas sobre mim, sobre minhas limitações, não sobre o mundo fora de mim. Eu posso estar equivocado a respeito desse conhecimento. Alguém pode ter me enganado, ou minha mente apenas está me pregando uma peça. Sabe, garoto, quando se vive muitos séculos algumas memórias começam a ficar meio turvas.

— Mas do que estamos falando?

— Epistemologia, teoria do conhecimento. Aliás, tem um ótimo livro sobre isso na sessão de filosofia.

— Não, não. Não é à filosofia que me refiro.

— Você não gosta de filosofia? — O yokai saltou por cima do rapaz, que estava agachado tentando entender a situação. — Não acredito que Shuten Doji,* o rei dos onis, foi enganado por alguém de sua espécie.

Hiro pegou o oni no colo, segurando-o pelas axilas, enquanto o yokai sacudia as pernas curtas.

— Deixe de enrolação e me diga o que você está tentando me mostrar.

— É algo para a hannya. Não diga a ela que eu ajudei, não quero que ela me veja com esses olhos. Ainda não gosto totalmente dela.

Hiro parecia confuso.

— O que ela tem a ver com isso?

— Você já vai entender. Agora, me coloque no chão, humano. Isso é uma ordem.

— Espero que você tenha uma boa desculpa para me fazer perder esse tempo de sono.

Mochi caiu em cima de umas caixas e se lançou no meio da bagunça, como um rato em meio à sujeira. Após alguns segundos, emergiu da pilha de caixas de papelão com uma caixinha de madeira em mãos. Seus olhos brilhavam de contentamento.

---

* Shuten Doji é um lendário oni do folclore japonês, conhecido por seus feitos cruéis e raptar jovens mulheres. Ele foi derrotado por Minamoto no Raiko e seus companheiros samurais, que se disfarçaram de monges para enganá-lo e depois atacaram-no enquanto ele estava bêbado.

— Encontrei, encontrei — ele repetia.

Hiro continuava sem entender nada, mas uma curiosidade crescia de maneira exponencial dentro dele.

— Venha — disse o yokai, passando por baixo das pernas do rapaz e se dirigindo até o balcão da livraria.

Hiro acendeu um pequeno abajur em forma de cogumelo que ficava atrás do balcão e assistiu curioso enquanto o oni abria a caixa.

Dentro dela havia alguns papéis, já amarelados, selos antigos e um kiseru — um pequeno cachimbo de bambu.

— O que seria isso, e por que você disse que isso é para a hannya?

— Toma, veja isto. — O oni entregou com cuidado um dos papéis ao rapaz, que o segurou com cuidado, pois tinha receio de que, de tão antigo, o documento se desfizesse em suas mãos.

Hiro se pôs a ler o que estava escrito na carta:

Querida Ayame,

Nas suaves brisas da primavera, meu coração floresce como as cerejeiras em plena floração. Desde o momento em que nossos olhares se cruzaram naquele jardim silencioso, minha alma encontrou seu refúgio.

Ayame, és como a íris que desabrocha à beira do riacho, delicada e resiliente. Teu sorriso é o sol que aquece minha existência, e tua voz, uma melodia que ecoa nas montanhas.

Nossos momentos juntos são como os fios de um inro, entrelaçados e preciosos. Cada toque, cada palavra compartilhada, é um tesouro que guardo em meu coração.

Que os kamis nos abençoem, Ayame. Que nossos destinos permaneçam entrelaçados como os netsuke que seguram nossos sonhos. E que, como o vento suave que acaricia o uchiwa, nossa paixão perdure através das estações.

Com todo o meu amor,

Seu Minamoto Takashi

Hiro estava ainda mais perplexo e fitou o oni, que exibia um olhar de satisfação.

— Quem escreveu isso, para quem e por que está entre as coisas de meu avô?

— Ayane é a yokai de cabelos cor-de-rosa que você vê frequentemente por aqui, e Takashi era o dono da casa de chá que existiu aqui no início do período Meiji. Ele é o homem por quem ela sempre foi apaixonada. E a razão por ela ter se tornado uma hannya. Geralmente essas figuras assustadoras são fruto de mulheres amarguradas com alguma questão que envolve seus relacionamentos amorosos.

— Então, Ayane era uma yokai comum antes de ter se tornado uma hannya?

— Muito provavelmente — respondeu Mochi.

Tudo começou então a fazer sentido. Hiro sentiu seu coração se aquecer e ansiou por encontrar Ayane o mais rápido possível para mostrar-lhe sua descoberta.

A noite passou tão rápido que Hiro se levantou do futon com a sensação de que não dormira. Não se lembrava de ter sonhado coisa alguma. Foi como se o tempo tivesse passado entre o fechar e o abrir de suas pálpebras. Tomou seu café, e desceu para abrir a loja.

Para sua surpresa, percebeu que Miguel já estava na porta da livraria. Hiro sorriu de imediato, e se lembrou do que o oni lhe dissera e logo fechou a cara. "Será que ele tem razão?", pensou. Mochi estava deitado em cima de uma estante e parecia ter o sono muito pesado. Hiro ficou com receio de que Miguel pudesse ver a criatura, mas lembrou que isso não aconteceria.

— Bom dia, está indo mais cedo para o trabalho hoje? — perguntou a Miguel enquanto abria a porta da loja, lembrando-se de virar a plaquinha da porta. Ele viera buscar o suéter, pensou enquanto se dirigia ao balcão para buscar a peça.

— Tenho uma reunião importante hoje, e não posso perder, e nem pensar em me atrasar, por isso pulei da cama bem cedo. Aproveitei para passar aqui e comprar um presente, tenho um encontro hoje, após o trabalho, e acho que um livro seria um ótimo presente. O que você me diz?

— Preciso concordar — disse Hiro de maneira automática, sem compreender direito a pontada no peito que sentiu naquele momento. — Então, de que tipo de livro ela gosta? — O rapaz se sentia levemente incomodado, talvez fosse o estresse de uma noite maldormida.

— Ahn, ela? —disse Miguel coçando a nuca. — Não, não... é ele...

— Ah, sim, ele...— repetiu Hiro. — Não fique envergonhado. Embora tenhamos um povo bem rígido nos costumes, as gerações japonesas mais novas já lidam bem com isso. Não temos problema algum com esse tipo de coisa. Fico feliz por você... Agora, vamos procurar um livro de que... ele... possa gostar. Talvez algum clássico ocidental, quem sabe, um romance. É apropriado.

Os pensamentos de Hiro pareciam estar à toda velocidade, e não conseguia processar toda a carga emocional que seu coração enviava. Seus gestos estavam no modo automático, e seu olhar, aéreo. Parecia cada vez mais incomodado com a situação, mas tentava se manter o mais profissional possível. Por que aquilo o estava irritando tanto? Por que ele não conseguia demonstrar um sorriso genuíno diante daquilo? Seu cérebro enviava os comandos para que sua boca se esticasse num sorriso, mas era como se o sinal se perdesse pelo meio do caminho, e tudo o que saía era um esboço sem vida. Com certeza não era por preconceito; ele realmente via com naturalidade o fato de dois homens estarem juntos. Sua testa começou a suar e as palavras saíam com mais dificuldade.

— Acho que vou levar este — disse o estrangeiro pegando um livro de contos de um autor desconhecido. Miguel percebeu que Hiro agia como se quisesse ir embora dali o mais rápido possível, e por isso pegou o primeiro livro que viu a sua frente. Havia um leve clima de inconveniência pairando no ar.

— São 300 ienes — disse Hiro.

Miguel pagou aproximando o celular e se despediu com um leve aceno dizendo que não podia se atrasar. Olhou para trás, viu o olhar apático de Hiro e saiu disparado da loja com a expressão de que fizera algo de errado.

Hiro ficou olhando o rapaz deixar a livraria, enquanto respirava fundo e tentava acalmar seus batimentos cardíacos. Colocou as mãos sobre o balcão e abaixou a cabeça. "Por que estou com vontade de chorar"?, ele se questionou. Olhou para o suéter, que, em meio àquele turbilhão, se esquecera de devolver. Não conseguiu segurar e uma lágrima quente caiu de sua face molhando o balcão.

Algumas horas se passaram e o rapaz já havia dissipado aqueles pensamentos. Convencera-se de que uma noite maldormida podia facilmente turvar seus sentimentos e o colocar em estado de estresse, fazendo com que as emoções o afetassem de maneira exagerada. Prometeu a si mesmo que naquela noite dormiria o mais cedo possível para evitar esse tipo de situação com os clientes. Tentaria também ficar feliz pelo amigo estrangeiro, afinal, era isso que amigos deviam fazer.

Ele passava um café para uma cliente, uma mulher na casa dos quarenta anos que procurava um livro sobre cristianismo para a filha adolescente.

— Sabe, eu não entendo essa geração. Sempre buscando novidades de fora. O que há de errado com nossos templos e santuários? — perguntava a mulher, enquanto tomava o café recém-coado. — Aliás, parabéns pelo café, está uma delícia.

— Não há nada de errado com nossas tradições. Elas são a base de nosso povo. É apenas a curiosidade juvenil aflorando em sua filha. Nosso país sempre viveu muito fechado para o resto do mundo. Hoje com a internet temos contato constante com outras culturas. É natural querermos saber sobre outros povos e seus costumes.

— Sim, eu compreendo. Confesso que sei muito pouco sobre tradições estrangeiras, mas o cristianismo me parece um tanto conflitante com nossas tradições. Budismo e xintoísmo convivem em perfeita harmonia durante séculos. Você sabia que durante o xogunato Tokugawa esta religião foi proibida em nosso país? Mas independentemente disso vou levar o livro, já que ela quer saber mais sobre o tema. Eu tento ser o mais aberta sobre isso. Com certeza meus pais não me apoiariam em algo assim. Sabe, eu tento ser para ela o que meus pais não foram para mim, mesmo que num primeiro momento eu questione alguns comportamentos. Me diga, você tem filhos?

— Eu? Não — respondeu Hiro.

— É muito novo ainda. Mas em breve terá e saberá um pouco o que estou passando.

— Possivelmente sim. É bem razoável sua preocupação.

— Mas gosta de alguém, pelo menos? Tem alguma pretendente?

Hiro cravou o olhar na porta da livraria e sua boca ficou semiaberta por alguns segundos.

— Ahn... eu não sei te dizer — ele falou, ainda com o olhar distante.

— O amor às vezes não é óbvio, ele manda sinais confusos. Mas desculpe minha indiscrição. Isso não é de minha conta.

Hiro acompanhava a fala da mulher apenas concordando com um leve aceno de cabeça. A mulher pagou pelo exemplar de *Cristianismo Puro e Simples*, de C. S. Lewis, elogiou o café mais uma vez e se despediu.

A campainha da porta vibrou quando a senhora deixou o ambiente e uma voz soou perto do rapaz.

— Essa senhora não está totalmente certa a respeito da boa convivência entre xintoísmo e budismo. Os sacerdotes de ambas as religiões sempre brigaram para que uma dessas tradições tivesse a primazia no Japão — disse a voz masculina no cangote de Hiro, fazendo-o derramar café no balcão.

Hiro se virou com pressa e viu um homem vestindo chapéu e capa de palha de arroz, atrás de si.

— Outro yokai! — falou em voz alta.

— Não me ofenda — disse o homem se afastando, indo na direção do jardim dos fundos.

— O velho é meio ressentido, não ligue para ele — disse Mochi, bocejando, pegando a caneca de café das mãos de Hiro e bebendo tudo de uma vez só.

— Hey, isso era meu — resmungou o rapaz.

— Vamos, tire uma horinha de almoço e vamos atrás da hannya.

Hiro pareceu concordar de imediato. Já que ela não apareceu por ali naquele dia, seria sensato procurarem por ela. O rapaz tirou o avental preto e o depositou no balcão.

— Mas onde vamos encontrá-la? — perguntou, incrédulo.

— Ela não vai estar longe daqui, pode apostar. Ela sempre fica pelas redondezas, pois não consegue se afastar muito da livraria, e você sabe por quê.

— Mesmo assim, o raio que devemos procurar pode nos fazer perder horas, não é como se simplesmente esbarrássemos com ela no cruzamento de Shibuya... — disse Hiro fazendo o oni rir.

— Você ficaria surpreso em como os yokais são previsíveis.

Os dois foram na direção do Cruzamento de Shibuya, um ícone movimentado no distrito de Shibuya, em Tóquio, e um dos pontos mais famosos de todo o Japão. A cada mudança de semáforo, um caos hipnotizante se desenrolava: milhares de pessoas se lançavam em todas as direções, como formigas em uma colônia frenética. Cruzando umas com as outras numa performance caótica e ao mesmo tempo organizada. O tráfego de veículos era bloqueado por cinquenta e cinco segundos, permitindo que os pedestres atravessassem com segurança enquanto milhares de pessoas passavam pelo cruzamento. O espetáculo se repetia milhares de vezes durante o dia.

E bem no centro do cruzamento estava a hannya, estática, apenas observando a multidão passar. Ela tinha o olhar distante, com a cabeça levemente inclinada para o alto. Sua máscara assustadora não permitia dizer se ela estava de olhos abertos ou em algum estado de transe. Hiro pensou que talvez a jovem pudesse imaginar que, diante daqueles milhares de rostos, ela pudesse encontrar o homem que amava.

Quando o semáforo abriu para os carros, a jovem ficou ilhada no cruzamento. Mas isso não a preocupava. Ela se desviava de todos, como se o tempo passasse em câmera lenta para ela. Hiro saudou de longe a yokai. Foi ignorado por milhares de pessoas a seu redor e do outro lado da avenida, mas Ayane logo o percebeu e caminhou com pressa para perto dele. Parou de frente para o jovem e disse:

— Eu o sinto, como é possível?

Hiro logo notou que não conseguiria esconder por muito tempo o que tinha que fazer. Colocou a mão dentro de sua bolsa transversal e retirou a caixa que havia encontrado na noite anterior.

A yokai ficou paralisada apreciando a caixinha nas mãos do rapaz.

— É a mesma energia que sinto na livraria todos esses anos. — Ela alisou a caixa com os dedos, de maneira suave. — Minamoto. Eu achei que sua essência estava impregnada na livraria. Mas toda a energia que sinto vem deste objeto.

— Vamos para um lugar mais calmo — sugeriu Hiro, e Ayane apenas concordou com a cabeça.

De volta à loja, Hiro contou à yokai como encontrou o item, e o deixou em cima da mesa central da livraria para que ela apreciasse aquele achado com a calma que o momento exigia.

— Estarei lá em cima. Fique o tempo que precisar. — Ele se despediu.

A hannya ficou parada, imóvel, de frente para a mesa por alguns minutos. Levou a mão ao rosto e tirou a máscara que usava, colocando-a em cima do móvel. Hiro observava do alto da escadaria junto de Mochi. Ayane tinha um rosto levemente arredondado, delicado. Seus olhos passavam uma serenidade. Ela amarrou os cabelos num rabo de cavalo, deixando seu rosto ainda mais à mostra. "Ela é linda", pensou Hiro.

A hannya pegou uma das cartas, e leu em silêncio.

Minha querida, Ayane.

Escrevo estas linhas com um coração pesado e uma mente cheia de lembranças. O destino não nos deu a chance de nos despedirmos pessoalmente, então preciso me despedir por escrito, com o papel como testemunha de meus sentimentos eternos por você. Desde o momento em que nossos olhares se cruzaram, meu mundo mudou para sempre. Você trouxe luz e alegria a minha vida, e agora me despeço de você com uma dor que somente a morte pode aliviar. Lamento profundamente não poder estar a seu lado nos momentos finais, para segurar sua mão uma última vez. Você foi e sempre será meu maior amor, minha inspiração e minha paz. Por favor, cuide-se. Guarde a lembrança dos momentos que passamos juntos e saiba que, mesmo na próxima vida, estarei esperando para encontrar você novamente, se assim os deuses nos abençoarem.

Com amor eterno,

Minamoto.

Lágrimas brotaram de seus olhos. Ela leu e releu, uma por uma das cartas, enquanto acariciava o papel. Após isso, as enrolou com cuidado e as depositou novamente na caixa de madeira. Pegou o pequeno cachimbo de bambu e colocou junto ao rosto.

— Obrigada — ela sussurrou, olhando na direção de Hiro, como se soubesse o tempo todo que estava sendo observada. O jovem ficou sem graça. — Ele realmente me amava. Nunca entendi por que ele se foi sem se despedir. Mas agora compreendo. Ele não conseguiu me entregar isso a tempo.

Ayane apertou contra o peito a pequena caixa de madeira com os pertences de seu amado, e permaneceu assim por quase uma hora. Hiro foi para seu quarto e lá ficou até a hora de se deitar. Deixou aquele momento para Ayane e seu amado.

Na manhã seguinte, ao se levantar, encontrou apenas a máscara da hannya sobre a mesa. Sabia sobre o folclore que envolvia essas criaturas pelas peças de teatro Noh. Sabia que as hannyas eram mulheres que haviam se consumido por algum sentimento extremo, como paixão ou ódio, vivido em seus relacionamentos, e que agora Ayane estava livre desses sentimentos ambíguos em relação a seu amado. A verdade, mesmo que dolorida, é melhor do que a dúvida.

Hiro ficou feliz por ela, sentia-se satisfeito por ter conseguido ajudar a yokai. Sabia que dali em diante ela estaria livre do sentimento que a consumia por tantos anos. Ficou contente em ter aceitado a tarefa de cuidar da livraria, aquilo já valia toda a sua jornada. Já havia algum tempo que o rapaz estava negligenciando seu plano inicial ao se mudar para Tóquio, e isso não o preocupava. Aquela pequena livraria já se mostrava bem maior do que ele um dia imaginara.

7

O INVERNO PARECIA ESTAR COM PRESSA naquele ano, atropelava o outono fazendo os dias esfriarem mais rápido do que deviam naquela época. Hiro passou a colocar um pequeno aquecedor a óleo próximo ao balcão para tornar o ambiente mais aconchegante. Os clientes sempre agradeciam comentando como o clima estava agradável dentro da livraria. A pequena máquina de café que Hiro havia comprado começava a ser utilizada com muito mais frequência. A maioria dos clientes já tomava um latte, ou café expresso bem quentinho enquanto olhavam as prateleiras.

O negócio parecia enfim ter deslanchado. Com títulos atuais, a livraria estava quase sempre movimentada. Mas Hiro sentia falta de Miguel. Ficava imaginando o que teria acontecido a ele, pois desde o dia em que contara sobre seu encontro, não aparecera mais. Até aquele momento…

Hiro lia distraído um mangá quando o pequeno oni que estava sentado a seu lado o cutucou e tossiu. Hiro estava tão absorvido pela história que nem percebeu o pequeno sino atrás da porta soar. Quando tirou os olhos do exemplar de *Mahou Sensei Negima*, Miguel já estava bem a sua frente.

Hiro não conseguiu esconder o susto e a surpresa de ver Miguel bem ali o encarando com um sorriso. Ele vestia um colete de tricô verde-escuro, com uma camisa social branca por baixo, e uma bolsa transversal de couro. Seus óculos estavam molhados, e ele retirou e os limpou com uma flanela tirada do bolso traseiro da calça bem na frente de Hiro.

— Desculpa, não quis te assustar — disse ele num sorriso sem graça. — Acho que a campainha deve estar com defeito.

— Não está, não, esse tonto aí que é distraído — disse Mochi, mas Miguel não o ouvia.

Hiro quis empurrar o yokai de cima do balcão, mas temeu ser julgado por movimentos estranhos. Não conseguiria explicar para Miguel que era capaz de ver essas criaturas. Quem em sã consciência acreditaria em yokais?

— Desculpa, eu que estava distraído mesmo — disse Hiro.

— O que lia? — perguntou Miguel, tentando trazer alguma normalidade para o momento.

— É só um mangá antigo. Achei por acaso esses dias, e fui lendo um volume atrás do outro. É bem interessante, conta a história de um jovem professor de magia que veio da Inglaterra e foi contratado para dar aulas numa turma só de meninas. É bem interessante ver como o autor constrói a dinâmica de uma cidade escolar... Falando assim não parece ter tanta graça.

— Nada, que é isso. Parece bem interessante — comentou Miguel.

— Você acha?

— Não, ele não acha, só está sendo simpático — disse o oni enquanto descia do balcão.

Sem nem entender muito bem o porquê, Hiro perguntou:

— E o encontro daquele dia, ocorreu tudo bem?

Miguel ficou surpreso e seu rosto corou.

— Ah, sim, o encontro... É, foi tudo bem, sim... — Ele estava visivelmente sem graça e nervoso.

— Sério? Não parece.

— Não, não é isso. Talvez eu tenha deixado você entender da maneira errada. Não houve nenhum encontro no sentido romântico. Éramos apenas amigos, e eu nem sei por que falei aquilo, me desculpa — confessou Miguel, olhando para o chão.

— Por que então você não me disse que eram apenas amigos? — Hiro parecia bem confuso, mas percebeu imediatamente que seu coração acelerou diante daquela confissão.

— Eu não sei, talvez quisesse ver sua reação. Eu só queria saber... — Ele pigarreou. — Em qual volume você está do mangá mesmo? — E mudou de assunto bruscamente.

Mochi, em cima de uma das estantes, assistia àquele pastelão enquanto comia um espetinho.

— Não é possível, vocês, humanos, são muito devagar. Tome alguma atitude, Hiro — gritou o oni.

— Ver minha reação? — perguntou Hiro, ainda mais confuso.

— Me desculpe — dizia Miguel, fazendo uma mesura. — No meu país isso teria sido um pouco mais fácil, acredite, mas aqui eu não sei como agir nessas situações. Sei que os japoneses são mais reservados, e eu nunca sei se estou cruzando um limite que não deveria. Eu queria apenas ver qual seria sua reação diante da informação de que eu gosto de sair com outros rapazes.

— Ah, sim... — Hiro arfou e coçou a cabeça. — Então, queria me contar que é gay?

Miguel confirmou com a cabeça.

— Eu já te disse, vejo com muita naturalidade. Mas por que essa informação é tão importante para você? O que importa minha aprovação sobre algo que só diz respeito a você?

— Não é exatamente isso. Ai, meu Deus! Você sairia com outro rapaz? — perguntou Miguel de supetão enquanto escondia o rosto atrás de um livro qualquer que pegou de uma pilha que estava em cima do balcão.

— Eu? — A face de Hiro ficou vermelha como um tomate. Ele olhava para os lados enquanto gaguejava.

O oni, ao longe, se dava um tapa na testa como se reprovasse o comportamento infantil dos dois.

— Você tá querendo saber agora se eu sou gay? Eu, eu... realmente não sei. Ahn... nunca fiz algo do tipo, se é o que quer saber. Talvez eu já tenha imaginado alguma coisa, isso conta? Eu acho que não. Acho que todo o mundo em algum momento imagina esse tipo de coisa por curiosidade.

— James Baldwin dizia que a responsabilidade começa na imaginação — soltou Miguel.

— Você já leu *Kafka à Beira-Mar*? — disse Hiro, feliz por Miguel ser um conhecedor de literatura, mas também por conseguirem sair do climão que havia se instalado.

— Lógico. Eu adoro a cultura de seu país, isso inclui seus autores.

— Mas por que está perguntando isso? — questionou Hiro, voltando ao tema que os constrangia.

— Você já namorou? — Miguel ignorou a pergunta de Hiro respondendo com outra pergunta.

— Já, já sim, por alguns meses, mas… Pera lá… você tá tentando me chamar pra sair? É isso?

— Até que enfim — gritou Mochi.

— Se você quiser, acho que estou, sim — disse Miguel, quase sussurrando, com as palmas das mãos sobre o balcão, olhando para o chão.

— Eu não sei, eu juro que realmente não sei… Hã… é que nunca me ocorreu algo assim. Desculpe. Eu realmente não esperava isso.

— Esperava, sim — gritou Mochi.

— Eu deixo você pensar e volto outro dia. Tá bem assim? — disse Miguel, se afastando andando de costas.

Foi quando Hiro se lembrou das palavras de Ayane:

Se algum dia encontrar alguém que te faça sorrir apenas pela presença dele, não perca tempo e agarre a oportunidade. Não quero te assustar, mas seu tempo é curto.

— Espere — ele gritou quando Miguel se aproximava da porta. — Eu aceito, eu quero, sim. Eu quero sair com você!

Os dois sorriram imediatamente. Miguel deixou a loja com um andar apressado, controlando a vontade de pular de alegria. Ele queria deixar o lugar o mais rápido possível, antes que o jovem mudasse de ideia. Enquanto isso, Hiro sorria olhando fixamente para a frente, sem estar na verdade fixando o olhar em nada.

Hiro olhou para Mochi, que tinha um sorriso enorme no rosto, mas tentou esconder o riso quando o rapaz o encarou.

8

NA MANHÃ SEGUINTE, HIRO ESTAVA LIMPANDO a livraria quando começou a ouvir um barulho, como um baque surdo vindo do telhado da loja. Achou que pudesse ser algum gato, ou mesmo corvos. Mas o barulho continuou. Era como se alguém caminhasse de um lado para o outro no telhado. Que loucura, por que teria alguém "caminhando" bem em meu telhado?, ele pensava.

Após colocar a livraria em ordem para iniciar o expediente, foi para a rua tentar ver o que estava acontecendo. Para sua surpresa, havia um homem caminhando sobre as telhas. Sua leve miopia e o fato de o homem estar contra a luz não ajudou o jovem a identificar com clareza a silhueta que via. Chamou pelo homem, mas foi completamente ignorado. Correu para dentro da loja, pegou uma escada retrátil que ficava em seu quarto e a posicionou do lado de fora do prédio. Antes de subir, ficou observando a vizinhança, e ninguém mais ali parecia perceber o homem sobre a casa. Só poderia ser mais um yokai, concluiu.

Ele subiu com cuidado pela escada. O alumínio gelado machucava suas mãos. Ao chegar ao topo do pequeno prédio, o rapaz pôde ver com clareza do que se tratava. Diante de si estava um homem, com aparentemente um metro e oitenta de altura, que andava curvado com as mãos atrás das costas de um lado para o outro. Ele tinha o rosto vermelho, um nariz comprido e sobrancelhas, barba e bigodes brancos como algodão. Em suas costas havia duas pequenas asas, e ele usava uma roupa tradicional, com pesadas getas de madeira nos pés.

Hiro, assim como todo japonês, reconhecia facilmente a figura do tengu, com a qual estava familiarizado desde muito novo. Porém, ver uma criatura daquelas em carne e osso a sua frente foi assustador. O corpo do rapaz gelou, e suas mãos suaram mesmo diante da gelada superfície na qual elas se agarravam. A criatura era imponente, e sua postura emanava um temor que fazia Hiro tremer.

O yokai logo percebeu algo de estranho, era como se o humano pudesse observá-lo. Percebeu que Hiro estava como que petrificado em sua presença. Aproximou-se do rapaz. Seu longo nariz quase tocou o rosto de Hiro quando a criatura se abaixou para observar a figura frágil que o encarava. Foi quando o jovem perguntou com uma voz trêmula:

— Quem é você?

O tengu saltou para trás e para o alto, e flutuou sobre o telhado enquanto suas pequenas asas batiam em suas costas. Hiro soltou um grito, desceu às pressas pela escada e voltou para dentro da livraria.

Mochi percebeu a feição amedrontada do rapaz.

— O que foi, parece que viu um oni... Não, espera, eu sou um oni. O que houve, moleque?

— Tem um tengu no telhado, tem um tengu no telhado — ele repetia com a voz rouca e uma oitava acima do normal.

— Há muitos anos não vejo um tengu, deixe-me ver isso. É algo bastante raro.

O pequeno oni saiu pela porta e olhou para o céu, posicionou uma das mãos acima da testa criando uma sombra sobre os olhos cerrados. E a silhueta amorfa contra o sol foi ganhando forma, e lá, diante de seus olhos estava o majestoso tengu voando sobre a livraria. O oni entrou na loja.

— Ora, ora, que sorte, não é um simples karasutengu, é um daitengu em pessoa, dos grandes. Tome cuidado, garoto, você conhece as histórias de que essas criaturas raptam os humanos, né?

— E agora? Quem eu chamo para tirá-lo lá de cima? Não existe algum serviço espiritual de controle de pragas?

— Calma, se ele quisesse fazer algum mal, já teria feito. Essa é a regra número um para lidar com yokais. Você por acaso já viu algum kamaitachi pedindo permissão para cortar a pele das pessoas? Já ouviu falar de algum kappa pedindo licença para retirar o shirikodama de alguém?

— O que é um shirikodama? — perguntou Hiro, fechando a persiana da vitrine.

— Eu acho melhor deixar que você pesquise isso por conta própria — disse Mochi. — Agora, deixe de ser medroso, se não quer falar com ele é só deixá-lo lá em cima na dele. Você não precisa se comunicar com todo yokai que aparece a sua frente, apenas ignore-os. Se bem que não é todo dia que um daitengu aparece.

69

— Ele percebeu que eu o vi. Ele me encarou com aqueles olhos medonhos. Ele vai vir atrás de mim, certeza.

— Ele não deve ficar por aqui muito tempo. Se acalme, homem. Vai ver ele está só de passagem e escolheu seu telhado para descansar por puro acaso.

— Será?

Hiro abriu as persianas e tentou voltar a sua rotina. Era difícil se concentrar com uma criatura como um tengu em seu telhado, mas tentou seguir o conselho do oni. Vez ou outra, quando parava de ouvir os barulhos no telhado, o rapaz ia até a rua espiar se a criatura ainda estava lá. E ela estava. Às vezes sentada fitando o horizonte, às vezes caminhando, ou simplesmente flutuando sobre a livraria. O rapaz se convenceu, com o passar do tempo, de que o tengu não estava ali para raptar ninguém, tampouco infligir algum mal a ele. Provavelmente seria apenas mais um yokai, como Mochi, que se estabeleceu ali, com o qual ele precisaria se acostumar.

Com o passar dos dias, o clima em Tóquio foi ficando cada vez mais gelado. Hiro já precisava manter o aquecedor ligado quase o dia todo. Uma neve tímida começava a cair em forma de chuva congelada, dando à cidade uma nova roupagem. Hiro decorou a fachada da loja com símbolos natalinos e colocou um pequeno pinheiro de plástico sobre o balcão. No Japão, o Natal é uma data comemorativa romântica, muito diferente dos países ocidentais de tradição cristã, mas nem por isso era uma data esquecida. Hiro adorava o clima da época, e era um ótimo momento comercial. Separou livros de romance e os expôs na vitrine com uma decoração especial.

Miguel adentrou pela porta da livraria bem cedo. Estava vestindo um casaco preto impermeável, com detalhes de um verde-limão vibrante. Usava cachecol e um gorro branco, com a barra dobrada pra cima, dando mais volume na borda.

"Como ele está bonito", pensou Hiro instantaneamente, e sorriu ao vê-lo.

— Desculpe aquele dia — disse Miguel. — Eu saí tão nervoso da livraria que acabamos não decidindo pra onde iríamos. Aliás, ainda está de pé? — disse ele olhando para os lados, tentando disfarçar um breve nervosismo.

— Está sim, claro — disse Hiro, de supetão.

— Ah, que bom — completou Miguel. — Não quero parecer afobado, nem nada. Se por acaso você mudar de ideia, se sinta à vontade pra me comunicar.

— Não. Está tudo bem, mesmo. Vamos pensar em alguma coisa.

— Eu estava pensando em visitar Kyoto próximo da época do Natal, e queria saber se você gostaria de me acompanhar.

Hiro sorriu.

— Seria perfeito. Há anos não piso na parte histórica da antiga capital. Lembro que meus pais me levaram umas duas vezes lá, na infância. Mas eu era muito novo pra apreciar a beleza do lugar.

— Eu nunca fui, e sempre tive muita vontade. Mesmo antes de vir para cá. Achei que a ocasião seria perfeita para isso. As ruas ficam muito bonitas por lá nesta época do ano.

— Ficam mesmo. Está combinado, então. Aproveito assim para tirar umas férias da livraria por alguns dias. Desde que cheguei aqui ainda não consegui descansar direito.

Os dois ficaram conversando por mais de meia hora. Aproveitavam para se conhecer um pouco melhor. Miguel então percebeu que estava já bem atrasado para o trabalho. Saiu às pressas da livraria enquanto Hiro ria da situação. "Ele bem poderia trabalhar comigo aqui", pensou. "Se pelo menos a livraria me rendesse mais lucro, seria viável tê-lo aqui comigo." O rapaz estava absorto em seus pensamentos quando o oni deu um peteleco em sua cabeça, trazendo o jovem de volta à realidade.

— Está ouvindo? — perguntou o yokai.

— Não, o quê?

— Além de seu coração levemente acelerado. — Ele fez uma pausa e olhou para o teto. — O tengu está de volta.

Hiro cerrou os olhos e se concentrou tentando ouvir algo. Os passos da criatura denunciavam que o daitengu caminhava de maneira intensa sobre o telhado, que rangia.

— Alguma coisa está acontecendo — afirmou Hiro. — Ele parece estressado. Uma vez eu vi num zoológico um urso que ficava andando de um lado para o outro, e depois, lendo a respeito, descobri que isso acontece com animais estressados. Talvez o tengu precise de ajuda.

— Não é comum tengus ficarem nas cidades. Eles aparecem por aqui apenas em épocas de matsuri, onde são homenageados. Eles são seres das montanhas, gostam de viver completamente isolados. Pode ser que realmente haja algo a perturbá-lo.

Hiro ficou pensativo, mas decidiu deixar o velho yokai com suas preocupações por enquanto. Até porque o jovem tinha seus próprios problemas para resolver no momento.

Alguns dias se passaram, e os barulhos no telhado continuaram, mas dessa vez menos intensos. Era como se o tengu ficasse imóvel a maior parte do dia e se movimentasse apenas algumas vezes. Ao contrário do que pensou, Hiro não conseguiu simplesmente ignorar a criatura. Aquilo soava como um pedido de ajuda, e o rapaz tinha um coração mole.

Numa manhã em que o sol apareceu com intensidade, elevando a temperatura para dezesseis graus celsius, o rapaz saiu da livraria e ficou olhando para o alto, tentando ver o tengu em seu telhado. Fingiu estar varrendo a frente da livraria enquanto olhava de soslaio para o alto. O tengu, naquela manhã, voava em círculos sobre a livraria, parecia ainda estressado. Avistou Hiro e o encarou firmemente enquanto ficou parado no ar como um beija-flor, com os braços cruzados e as asas batendo.

Hiro engoliu em seco enquanto tentava desviar o olhar. A presença do yokai causava no rapaz um misto de tremor e admiração. Isso o lembrou de *Temor e Tremor*, o título de um livro que ele havia visto em algum canto da livraria. Fez uma nota mental para procurá-lo futuramente. Olhou novamente para o céu, usando a mão para se proteger da luz, e viu a silhueta do tengu contra o sol. Foi então que ele sentiu um intenso deslocamento de ar a sua frente, seguido pelo estrondo das pesadas getas de madeira do yokai tocando o chão violentamente.

O rapaz tentou se proteger com os braços enquanto jogava a cabeça para trás e flexionava os joelhos. Quando abriu os olhos se deparou com o imponente tengu a sua frente com os braços cruzados. Hiro olhava para cima, e tremia diante da criatura.

— Um humano que consegue me ver. Então é verdade — resmungou o velho yokai.

— Eu, eu não escolhi isso, desculpa, não quis te perturbar. É que você está em cima de minha livraria — dizia o rapaz, ainda com o rosto escondido atrás dos braços cruzados a sua frente, sem conseguir encarar o yokai nos olhos.

A porta da loja se abriu, e Mochi saiu por ela retirando uma máscara de dormir do rosto.

— Que barulho foi esse, Hiro? Parece que caiu um meteoro aqui na...

O oni arregalou os olhos e soltou um grito agudo, assustando o tengu, que saltou para trás e flutuou a um metro do chão.

— Pelos céus, um rato falante! — exclamou o tengu.

— Ora, seu... — Mochi pulou em cima do tengu, que com um movimento ágil, lançou o pequeno oni para longe. A criaturinha bateu contra um muro e caiu de cabeça para baixo, com as pernas e as costas apoiadas numa parede.

Hiro aproveitou a confusão e entrou apressadamente na livraria, procurando um esconderijo atrás do balcão. Ofegante, ele espiou por cima do móvel e viu o tengu encarando-o fixamente pela vidraça da loja. O coração de Hiro disparou, mas o tengu, após alguns segundos de tensão, deu as costas e voou graciosamente para cima do telhado. O rapaz suspirou aliviado, sentindo o suor frio escorrer pela testa enquanto tentava acalmar sua respiração acelerada.

Os dias se passaram e o tengu continuava a se acomodar nos telhados da vizinhança. Para a satisfação de Hiro, o velho yokai parecia ignorá-lo completamente, tanto que o jovem logo se acostumou com sua presença ao redor. Mochi parecia estar certo ao dizer que, se o tengu tivesse a intenção de causar danos, já teria agido há alguns dias. Hiro concluiu que, desde que respeitasse o espaço do yokai, eles poderiam coexistir pacificamente.

Miguel voltara aquela semana à livraria, depois do trabalho, para pedir o contato de Hiro e combinarem os detalhes da viagem que pretendiam fazer em breve até Kyoto. Os dois conversaram enquanto tomavam um café e se aqueciam. Naquele horário a livraria não recebia mais clientes, e os dois ficavam bem à vontade. Hiro ficava encantado com as histórias que ouvia de Miguel sobre seu país. Às vezes se dava conta de que as palavras que saíam da boca dele não lhe faziam sentido, pois a mente de Hiro estava completamente ocupada em admirar a beleza do moço.

Durante a conversa Miguel chegava a tocar a ponta dos dedos da mão de Hiro, que ficava vermelho com o gesto, mas gostava, e fazia questão de deixar a mão sobre a mesa exposta de propósito esperando mais dos toques do rapaz.

— Bem, já tá ficando tarde, preciso ir, senão amanhã estarei igual a um zumbi no trabalho. Você tem sorte de não precisar pegar transporte para deixar o trabalho e ir pra casa.

Hiro riu sem graça, pois entendeu seu privilégio, e como aquilo deveria ser cansativo para Miguel. Pensou por um momento em convidar o rapaz para passar aquela noite ali na livraria. Mas no futon mal cabia ele, e ficou com receio de ser mal interpretado. Afinal, por mais que se sentisse atraído pelo jovem de óculos, a preocupação inicial era que Miguel tivesse um lugar mais próximo do trabalho para dormir. Deixou a oportunidade passar.

Miguel se despediu com um abraço caloroso em Hiro e um beijo afetuoso na testa. Hiro estremeceu, achando o gesto íntimo demais para seus padrões, mas adorou a demonstração de carinho. Sorriu, fitando Miguel com expectativa, imaginando o momento em que o rapaz o beijaria, mas isso não ocorreu. Ele acompanhou o estrangeiro até a porta e pediu para ele se cuidar.

— Até mais — acenou Miguel.

— Até mais. — Hiro acenou com a cabeça.

Ele acompanhou a silhueta de Miguel desaparecer no final da rua, indo na direção do metrô, respirou fundo, sorriu e se virou para a porta para virar a placa de aberto para fechado. Quando percebeu um baque no telhado. O tengu voltara para lá.

Hiro criou coragem e, movido por genuína curiosidade, pegou a escada e colocou na frente do prédio. Subiu devagar até se deparar com o yokai sentado no telhado, com as mãos no queixo e os cotovelos apoiados nos joelhos, olhando para o horizonte.

— Você está bem? — perguntou Hiro.

O tengu olhou para ele, mas voltou a olhar para o horizonte.

— Quer descer e tomar um café? — perguntou Hiro, achando que aquilo seria um convite interessante, já que a noite estava fria.

O tengu o encarava, mas dessa vez seu olhar era terno, parecia não estar tentando intimidar o garoto.

— Posso me sentar aqui?

O tengu não se opôs, e o rapaz entendeu como um sim.

— Olha, eu conheci uma yokai recentemente — informou Hiro.

— Ayane — o tengu soltou, e Hiro ficou surpreso. — Eu sei. Ela me falou de você e da livraria, e eu vim ver com meus próprios olhos o humano que ajuda yokais.

Hiro o olhava, estático, começando a entender o que estava acontecendo.

9

TÓQUIO ERA UM ORGANISMO VIVO. ÀQUELA hora da noite as avenidas já não estavam mais tão movimentadas. Nas ruas mais largas, os faróis dos carros ainda desenhavam um rio de luzes contínuas e brilhantes à medida que os automóveis passavam apressadamente. Nas vielas estreitas, a cidade se assemelhava a um labirinto desolado, com canos que serpenteavam pelas paredes e exaustores que lançavam vapores no ar. A neve começava a cair suavemente, como se relutasse em cobrir a cidade com seu manto branco e melancólico.

Ainda assim, nas partes desertas, a cidade ocultava vida em seus recantos. Gatos pulavam sobre cercas de casas, bêbados vagueavam pelos becos, enquanto empresários encerravam o expediente com pressa para chegar em casa e buscar o calor. No alto de uma antiga livraria, um majestoso tengu repousava ao lado de um jovem capaz de ver e se comunicar com yokais.

Hiro se encolhia dentro de seu enorme casaco enquanto o tengu não parecia se incomodar com o frio que fazia aquela noite. O rapaz olhou para a criatura, e seu longo bigode e barba brancos pareciam uma extensão da neve que caía.

— Eu ainda vejo a bomba — resmungou o yokai.

Hiro não comentou nada, apenas sentiu que aquilo era só o início. Sabia que precisava deixar o yokai se expressar. O tengu ainda mantinha os olhos no horizonte e continuou:

— A nuvem em forma de cogumelo se dirigindo ao céu. Eu nunca tinha visto nada parecido. O deslocamento de ar pôde ser sentido a quilômetros de distância do lugar onde ela caiu. Eu voei para lá pouco depois do estrondo e o que presenciei foi terrível. Tudo estava completamente destruído. Milhares de vidas foram ceifadas de maneira cruel. A vida de vocês é curta, garoto. Agora me diga, para que encurtar ainda mais? E de uma maneira tão trágica e de tantas pessoas de uma única vez? Você vê algum sentido nisso? Nós, yokais, sempre levamos a fama de sermos criaturas perversas. Minha espécie mesmo foi retratada por seus livros como seres que raptam os humanos, que prega peças em vocês, mas nunca nenhum de nós fez algo tão terrível como o que presenciei aquele dia. Os tengus há muitos séculos se refugiaram nas montanhas para evitar o contato com os homens. Apenas os mais fortes de sua espécie, que eram capazes de vencer os perigos da montanha, eram dignos de nos conhecer, e a alguns nós compartilhamos nosso conhecimento ancestral. Agora me pergunto: vale a pena dar aos homens tanto conhecimento e poder?

Hiro ouvia tudo aquilo paralisado, não mais pelo frio, mas em choque com as palavras que proferia o tengu.

— Por que… por que está me contando isso? — inquiriu o rapaz.

O tengu encarou Hiro, seu nariz comprido chegou a poucos centímetros da face do jovem.

— Eu prometi nunca mais olhar para um humano com benevolência após aquele dia. Vocês não são dignos, pois a humanidade é destrutiva e egoísta, incapaz de aprender com os horrores do passado. Continuam ainda hoje promovendo desastres ambientais e crimes uns contra os outros. Mesmo após a reconstrução do país, a desgraça se alastrou. Enquanto alguns prosperavam, outros viviam na pobreza. Não há verdadeira justiça entre vocês, apenas interesses avarentos e corrompidos por um punhado de metal ao qual vocês dão valor. Não é justo que uma espécie tão mesquinha e fraca como a sua tenha afetado tanto o mundo.

— Talvez não sejamos tão fracos quanto você pensa — Hiro ousou comentar, hesitante, questionando se deveria ter falado aquilo. Para sua surpresa, o tengu apenas o encarou antes de voltar a seus próprios devaneios.

— Vocês têm a força corrompida. O desejo e a vontade de vocês se desvirtuaram, e vocês apaticamente aceitam à deriva que vossos próprios erros os conduzam. Não há mais luta contra os desejos, vocês profanaram os ensinamentos de Buda.

— Talvez você esteja se apressando em seus julgamentos. Sua distância dos homens fez com que você guardasse na memória apenas nosso lado ruim…

— Ayane me diz coisas parecidas. Ela me falou de você, de que você a ajudou. De que você era capaz de falar com os yokais e que não era um humano ruim. Sabe, garoto, por muitos anos eu vivo entre o limiar de meus desejos, tentando conter aqueles que são ruins. Por muitos anos, eu oscilei entre a vingança e a esperança. Eu desejava mais do que tudo punir sua espécie pelos males que vocês causaram ao mundo, e ao mesmo tempo, lá no fundo, tinha esperança de que vocês pudessem se redimir.

— Você acha mesmo que eu mereço pagar pelos erros de outros?

— Vocês são tão efêmeros que a vontade individual nunca é percebida, mas foi quando parei para pensar nisso que eu me contive; vocês já pagam por seus erros. Vocês já se infligem males suficientes uns aos outros, e talvez não necessitem de uma punição de outro mundo. Vocês afetam o mundo, o modificam, e isso se volta contra vocês.

O frio daquela noite começava a doer, e Hiro se encolhia cada vez mais. As palavras do tengu também começavam a incomodar.

— E o que você veio fazer aqui? — perguntou Hiro, segurando com as mãos o enorme capuz do casaco com o qual se abrigava tentando se proteger do vento frio que soprava em seu rosto.

— Viver tanto tempo pode nos fazer carregar sentimentos como o ódio por muito mais tempo do que deveríamos. Manter esse ressentimento contra os humanos por todos esses anos é um fardo pesado que impus a mim mesmo. Vim em busca de esperança... me ajude a encontrar esperança novamente...

10

— ENTÃO AYANE SUGERIU QUE VOCÊ ME VISI-tasse? — perguntou Hiro, já dentro da livraria, envolto num cobertor enquanto preparava um pouco de chá para se aquecer.

Na penumbra suave da livraria, o rapaz preparava uma xícara de genmaicha, enquanto o tengu o observava com olhos curiosos. Sentado na cadeira, o grande yokai parecia um adulto sentado à mesa de uma criança. O aroma calmante do chá verde misturado com o toque terroso do arroz torrado envolvia a pequena mesa onde estavam sentados.

— Sim, ela achou que você seria um excelente contraponto a respeito de minhas crenças sobre os humanos.

Hiro sorriu e, com um gesto delicado, despejou a água quente sobre as folhas, observando com satisfação enquanto elas se expandiam e liberavam sua essência na água. Ele deixou o chá repousar por alguns momentos. Enquanto isso, o velho tengu observava atentamente e permanecia imóvel contemplando os detalhes da livraria.

A neve caía lá fora com mais força, e Hiro observava pela vitrine da livraria agradecendo mentalmente por já estarem dentro da loja. O silêncio do ambiente era quebrado apenas pelo suave som da neve se depositando sobre o toldo no exterior da livraria e pelo borbulhar da água. Quando o tempo de infusão se completou, Hiro retirou o infusor, deixando apenas a líquido verde dourado na xícara. Com um sorriso contido, ele ofereceu a xícara ao yokai, que aceitou com gratidão, levando-a aos lábios, bebendo o chá com um suspiro de prazer.

— Isso é maravilhoso, obrigado — agradeceu o tengu com uma mesura discreta.

— Aprendi com minha mãe a preparar o genmaicha. Era uma bebida que apreciávamos nas noites de inverno.

— Me desculpe por não ter sugerido que descêssemos para cá logo, às vezes me esqueço dos efeitos do frio em seus frágeis corpos. É engraçado como algo tão simples pode derrubar até o mais forte dos homens. O mundo é tão hostil para vocês que me surpreende que vocês tenham progredido tanto.

— Nossa espécie parece ser um paradoxo, concorda?

— Sim. Fortes para modificar a natureza em seus aspectos mais brutos, e frágeis para sucumbir diante de manifestações tão corriqueiras — comentou o tengu, estendendo a xícara vazia entre as mãos, pedindo um pouco mais de chá.

Hiro encheu novamente a xícara do yokai, que lançava ao ar um vapor suave e um aroma agradável.

— Então acredita que minha espécie possa ser uma contradição ambulante?

— Sem dúvida.

— Que possamos ter em nós o bem e o mal?

— Yin e yang — sussurrou o tengu.

Hiro sorriu.

— Percebo aonde você quer chegar, e nem tenho como discordar. Mas isso não torna o mal algo aceitável.

— Todos concordamos com isso, mas é possível imaginar um mundo sem a presença do mal? Eu só consigo conceber isso num mundo sem a existência humana. Entendo que você culpa nossa espécie por todos os males do mundo, mas todas as coisas boas também vêm de nós. O bem e o mal florescem juntos; sem um, o outro não existe. É através de um que somos capazes de reconhecer o outro. Como podemos falar sobre o bem se não sabemos o que é o mal? Uma vez, um yokai me contou sobre uma kami que provocava chuva. Nas aldeias onde o clima era árido, ela era venerada; nas aldeias próximas a rios, ela era temida pelas enchentes. Percebe como o bem e o mal são complexos e só existem porque as pessoas assim julgam os acontecimentos?

O tengu apenas refletia sobre o que ouvira. Com certeza não era um pensamento tão original, e ele já havia se deparado com pessoas com o mesmo tipo de argumentação.

— Você não está de todo errado, humano. Mais chá, por favor?

— Claro, à vontade. — Hiro serviu mais um pouco de genmaicha ao yokai.

— Eu também não estou totalmente certo, sou capaz de reconhecer isso. Por muitos anos, venho alimentando em mim esse sentimento em relação a vocês, mas sou capaz de reconhecer o quanto de coisas boas sua espécie já proporcionou ao mundo. Eu só não consigo desconsiderar as atrocidades que vocês cometeram.

— E nem precisa... é só ser um pouco mais benevolente.

— Benevolente — ele repetiu.

— Você disse que precisava ter um pouco de esperança, talvez ela passe antes por um olhar benevolente em relação aos homens. Olha, já está bem tarde, se incomoda de terminarmos esta conversa num outro momento?

— Não mesmo. E talvez nem seja preciso. Eu sei o quão cansado vocês ficam à noite. É uma de suas fraquezas. Posso tomar mais um pouco do chá?

— É todo seu. Sirva-se à vontade.

— Obrigado.

— Boa noite — disse Hiro se dirigindo a seu quarto, visivelmente cansado.

O tengu ficou contemplando a xícara de chá por alguns minutos, até que um barulho de passos atrás dele o tirou de sua contemplação.

— Você continua o mesmo bisbilhoteiro de sempre, Tetsuya — sussurrou o tengu, com os olhos fechados sentindo o aroma do chá.

— E você continua o mesmo velho ressentido — disse a figura misteriosa que usava capa e chapéu de palha de arroz.

— Todos temos motivos para odiar os humanos, você mais do que ninguém sabe disso — replicou o tengu.

— Eu convivi diretamente com muitos humanos por longos séculos, e tenho um conhecimento mais profundo da natureza deles. Acredite, eles não são tão horríveis assim.

— Mesmo depois do que fizeram com você?

— Eu entendo por que fui abandonado, mas você, um velho monge que se refugiou nas montanhas, por ter se distanciado demais da espécie humana, se tornou incapaz de ler o comportamento dos humanos de maneira adequada. Acho que perdeu um pouco o tato com eles. Compreensível.

— Foi mais forte do que eu, Tetsuya. O assunto é muito complexo. A maldade dos homens é inerente a eles, assim como a bondade. Por mais que reflita sobre tudo isso, não consigo chegar a nenhuma conclusão que me satisfaça.

— Você, como um velho monge budista, deve se lembrar muito bem de quando Buda advertiu um de seus discípulos, que o importunava com questões metafísicas a respeito da realidade do mundo espiritual.

— Imagine um homem que foi atingido por uma flecha envenenada — o tengu começou a recitar a famosa parábola à qual o yokai se referia. — A dor é intensa, e ele está à beira da morte. Seus amigos e familiares correm para ajudá-lo. No entanto, em vez de permitir que eles removam a flecha e cuidem de suas feridas, o homem faz uma série de perguntas: de onde veio esta flecha? Quem a atirou? Qual é o material da ponta? Como ela foi envenenada? Ele continua a fazer essas perguntas, ignorando sua própria situação crítica.

— Buda então concluiu — complementou Tetsuya. — Assim como esse homem, nós também estamos feridos pela flecha da vida. Temos sofrimento, doenças e morte. Em vez de nos preocuparmos com questões metafísicas e abstratas, devemos nos concentrar em aliviar nosso sofrimento imediato. A busca pela verdade é importante, mas não devemos negligenciar as necessidades práticas do momento presente. Esse rancor que você alimenta só faz mal a você. É mais útil você se livrar dele do que viver sofrendo tentando compreender a natureza dos homens.

O velho tengu voltou a admirar a xícara de chá.

— Isto é muito bom, prove um pouco — ofereceu ao yokai de chapéu.

— Não, obrigado. Mas se me oferecer um pouco de saquê, ficarei muito agradecido.

— Você vem bebendo muito nesses anos, não acha?

— Talvez. Mas que escolha eu tenho?

— Nunca beba por precisar disso, pois tal ato é o caminho para a morte e o jigoku.* Mas beba por não precisar da bebida, pois essa é a antiga fonte de saúde do mundo. Beba por estar feliz, mas nunca por se sentir extremamente infeliz por não ter uma bebida.

Tetsuya parou pensativo, refletindo naquelas palavras, e andou na direção do jardim nos fundos da livraria. Olhou para trás e perguntou:

— Você odeia esse jovem?

O tengu tomou um longo gole de chá, pensou por alguns segundos como se sentisse o doce aroma que emanava da xícara e disse:

— Por que eu o odiaria? Não é mesmo?

* Inferno budista.

11

NA MANHÃ SEGUINTE, HIRO ACORDOU COM UMA mensagem no celular, que vibrava a seu lado. Estava sonolento, tinha dificuldades para abrir os olhos. A claridade tornava tudo opaco a sua frente. Pegou o aparelho, e o brilho do visor machucou seus olhos. Ele cerrou mais as vistas e conseguiu ver pela barra de notificações que era uma mensagem de Miguel. Tocou nela e conseguiu ler: "A livraria não abre hoje? Passei agora há pouco aí, mas ainda estava tudo fechado."

Hiro olhou para o relógio no topo da tela e emitiu um gemido de lamento. Estava muito atrasado para abrir a loja. Numa atitude estoica, resolveu levantar-se com calma, afinal, o leite já estava derramado.

Mochi o saudou com um bom-dia sonoro. O yokai havia recolhido a chaleira e as xícaras que ficaram sobre a mesinha na noite passada. Hiro apenas agradeceu-lhe.

— Se precisar deixar a livraria sob minha direção quando for para Kyoto, é só falar. Aliás, seu namorado esteve aqui na porta. Ele pareceu bem desapontado por não te ver.

— Eu sei — disse Hiro, bocejando. — E ele não é meu namorado.

O yokai riu.

— Você viu para onde o tengu foi ontem à noite? — perguntou Hiro.

— Eu não prestei atenção. Fiquei na minha, aqui. Não gosto muito dele.

— Você tem medo. Admita.

— Sou apenas prevenido. Ele é um yokai muito mais poderoso que eu.

Hiro abriu a livraria. O clima estava um pouco mais quente do que no dia anterior, mas ainda assim, bastante frio.

— Se eu puder ajudar em algo, sugiro que você procure um guia de viagens para aprender sobre Kyoto. Aliás, queria perguntar, eu posso ir com vocês?

Hiro fez uma expressão de confusão.

— Acho melhor não.

— Ah, é um passeio de casal. Desculpe estar me intrometendo — disse ele com uma voz afetada passando por baixo das pernas de Hiro.

— Não é um passeio de casal — retrucou o rapaz, aborrecido. — Só estamos nos conhecendo.

— Então eu posso ir?

— Não... não dessa vez, pelo menos.

O momento da viagem finalmente havia chegado. Por mais que Hiro houvesse se preparado nos últimos dias, a sensação que ele tinha era a de que esquecera de alguma coisa. O rapaz era um tanto perfeccionista, e dificilmente as coisas estavam impecáveis para ele. Hiro trancou a livraria enquanto Mochi acenava para ele de dentro da loja. O rapaz se dirigiu até a Linha Yamanote, onde viajaria até a estação de Kyoto. Lá, Miguel estaria esperando-o para embarcarem no trem-bala em direção à antiga capital.

Hiro estava animado com a viagem e tentava não pensar muito no fato de que, de certa forma, seria um encontro com outro rapaz. Não conseguia evitar as provocações de Mochi, que ecoavam em sua mente, dizendo: "É um passeio de casal." No entanto, Miguel era uma companhia tão agradável que Hiro começou a aceitar que estava gostando da ideia.

A última vez que Hiro havia pisado em Kyoto fora numa viagem que fizera com a família, ainda muito novo. Ele não se recordava de maneira consciente de muita coisa. Sabia em detalhes como era o lugar, pois se tratava de um dos mais importantes pontos turísticos do país. Kyoto fora a antiga capital do Japão, e permaneceu assim por mais de um milênio. Isso ajudou a elevar a cidade como um importante centro de poder e cultura mesmo após a reforma do período Tokugawa e a reforma Meiji, que transferiu a capital para Edo, a atual Tóquio. Muito da cidade histórica havia sido preservada, e passear por lá era como visitar o Japão medieval.

Na estação de Tóquio, Hiro encontrou Miguel, que o esperava num canto próximo à entrada. Trazia consigo uma mala pequena. Estava aparentemente empolgado e nervoso. Os rapazes se cumprimentaram com um abraço apertado.

— Eu ainda não acredito que isso é real. Desde que cheguei ao Japão penso em conhecer Kyoto. Uma pena você não querer alugar os quimonos comigo para andarmos pela cidade — disse Miguel num tom brincalhão.

Hiro achava aquela ideia um tanto constrangedora. Mas sabia que era comum entre os turistas que visitavam o local. Havia muitas lojas que alugavam roupas tradicionais japonesas e ofereciam aos clientes uma experiência de viver no Japão medieval. Porém, Hiro não conseguia compartilhar com o rapaz o mesmo fascínio pela cultura de seu povo.

Os dois embarcaram no trem-bala e repousaram em suas poltronas. Hiro gentilmente cedeu o canto da janela para Miguel e se sentou a seu lado. A viagem demoraria exatamente duas horas. À medida que o trem foi deixando a capital, a paisagem foi mudando. Prédios altos foram ficando para trás como se fossem sugados por algum buraco negro enquanto a paisagem ia se convertendo em grandes campos de arroz e casebres com o Monte Fuji ao fundo, que parecia se mover numa velocidade diferente, lentamente como num fundo em paralaxe de games em pixel.

Miguel usava um casaco branco, uma touca rosa, jeans e All Stars. Enquanto Hiro vestia um grande casaco marrom de couro envelhecido, e usava um boné de beisebol de um verde vibrante que contrastava com o verde seco da paisagem que fora dando lugar a campos cobertos por uma tímida neve do lado de fora.

— Por que resolveu vir morar no Japão? — perguntou Hiro enquanto retirava um onigiri, um bolinho de arroz envolto em alga, da mochila.

— Acho que cresci assistindo anime demais — respondeu Miguel com a mão segurando o queixo e o dedo indicador sobre a boca. — Mas não só isso. Vim em busca de uma vida melhor num país mais seguro.

— Eu conheço pouco sobre o resto do mundo. Confesso que nunca fui de me aprofundar demais nessas questões. Conheço o básico, óbvio. Talvez minha visão do resto do mundo tenha sido moldada graças aos cenários de *Street Fighter*.

— Você sabe que a representação dos outros países nesse jogo é totalmente caricata, não sabe?

Hiro fez uma cara de desentendido e mordeu seu bolinho de arroz. Miguel riu, e Hiro também, deixando cair onigiri no banco.

— Você tá sujando tudo — sussurrou Miguel, preocupado, enquanto segurava o riso.

— Quer dizer então que, no Brasil, não existem cobras gigantes e macacos roubando melancias pelas ruas? — zombou Hiro ainda rindo, fazendo alusão ao modo como o país de Miguel era retratado no game.

— O Brasil que você conhece é uma mentira, lamento — disse Miguel enquanto ajudava Hiro a limpar a bagunça que faziam.

— E do que você mais gosta aqui no Japão?

Miguel parou, pensativo.

— O modo como vocês encaram a vida. É bem diferente. O modo como pensam no coletivo chega a ser assustador.

— Temos regras bem rígidas em relação à hierarquia social. Chega a ser algo bem incômodo para nós. Nosso sistema de dívidas com a família e a sociedade não nos deixa completamente livres. É difícil para um estrangeiro compreender isso. A noção de indivíduo que o Ocidente tem não funciona muito bem por aqui. Eu, como japonês, sou uma parte do todo na sociedade. Antes de ser Hiro, eu sou o filho de meus pais e cidadão de Tóquio. Minhas vontades estão sujeitas antes às vontades dessas instituições, que são maiores que minha pessoa.

— Acho que compreendo. Mesmo assim, aqui as coisas parecem funcionar. Entendo o preço que os mais jovens pagam por isso, mas não podemos negar que as coisas funcionam. Além disso, acho muito interessante a história de vocês. Vai dizer que nunca quis ser um samurai? — perguntou Miguel.

— Você sabe que muito da imagem dos samurais é idealizada, né?

— Já li algo a respeito.

— O modo como esses guerreiros são retratados é resultado de séculos de idealizações, especialmente à medida que eles perderam status social com a chegada da modernidade. Para manter o prestígio da classe, criou-se uma aura mística em torno dos lendários samurais.

— Gosto muito também das histórias sobrenaturais de vocês.

Hiro arregalou os olhos.

— Você acredita em nossas lendas? — perguntou.

— Não sei. Eu devo? — brincou Miguel, que logo percebeu um desconforto em Hiro.

O japonês sentiu vontade de contar ao estrangeiro sobre o que vinha presenciando nos últimos dias, mas achou melhor mudar de assunto bruscamente, apontando para a paisagem fora do trem.

A viagem seguiu desbravando paisagens ainda mais pitorescas. Montanhas, vales e florestas tão incríveis que Miguel se sentiu dentro de um filme do Studio Ghibli.

— Isso é surreal — comentava Miguel de tempos em tempos.

— Eu admiro como vocês conseguiram manter a natureza intocável na maior parte do país.

— Não é tão difícil assim. A maior parte do território do Japão é composta de montanhas e vales inacessíveis. Não restando muita opção pra gente. Nem todo território é cultivável, ou serve de pasto para o gado. Isso explica algumas frutas e carnes serem tão caras. Talvez nossas crenças a respeito da sacralidade da natureza tenham ajudado nessa preservação, ou sejam apenas um reflexo disso. Mas olha só. Vocês têm a maior floresta tropical do mundo, e é isso realmente que te impressiona? Campos de arroz, montanhas, terrenos vulcânicos e casebres antigos?

— É que a gente acaba se acostumando com o extraordinário. Quando convivemos demais com alguma coisa, ela passa a ser apenas ordinária, não importa quão magnífica seja.

— Isso faz muito sentido. Talvez valha para todo o mundo. Nunca estamos satisfeitos com o que temos. Estamos sempre em busca de novidades.

Os dois concordaram.

Miguel voltou sua atenção para um campo repleto de portões torii que aparecia a sua frente.

— Devemos estar perto — disse Miguel. — Esses portões em forma de poleiro são o símbolo do xintoísmo, e são sempre colocados na entrada de lugares sagrados. E desculpe por estar dizendo obviedades, é mais forte do que eu.

— Tá tudo bem. Eu não sou nenhum especialista em xintoísmo. Sempre achei que religião era um assunto chato, de gente velha. Muito de nossa cultura é baseada em preceitos xintoístas. Mesmo a gente não sendo religioso, boa parte de nossos costumes tem origem religiosa. Embora eu goste um pouco mais do budismo. Você sabia que o budismo aqui no Japão é uma vertente própria, diferente da indiana e da chinesa?

— Se eu disser que sei, você não ficará chateado?

Os dois riram.

12

OS RAPAZES DESEMBARCARAM NA ESTAÇÃO DE Kyoto, uma das mais impressionantes do país. Alojaram-se num hostel, e pediram comida por um aplicativo enquanto ajeitavam suas coisas e planejavam aonde iriam. Logo já estavam nas ruas da cidade. Miguel não queria perder tempo, pois só tinham aquele fim de semana para aproveitar.

Uma multidão de turistas circulava por todos os cantos, capturando cada detalhe da antiga cidade em fotos e vídeos. O distrito de Gion parecia ter congelado no tempo, com suas ruas de pedra antiga e casas tradicionais de madeira escura, adornadas com telhados de cerâmica e lanternas de papel. Para completar a cena, era comum cruzar com gueixas caminhando entre a multidão. Era como se uma passagem para o Japão antigo estivesse escondida em algum lugar. Miguel imaginou que a qualquer momento encontraria um samurai com suas duas espadas vigiando a população.

— Aqui diz que essas casas combinam estilos arquitetônicos variados, desde o shiden-zukuri, que era relacionado com a nobreza local, até a arquitetura zen-budista — disse Miguel, olhando um guia de viagens que havia comprado na livraria de Hiro.

— Me deixe ver isso — disse Hiro, pegando o livreto da mão do rapaz e passando algumas páginas. — O que pretende visitar mais por aqui?

— Além do castelo do distrito de Gion, onde estamos, preciso ir ao Templo de Inari, visitar o Senbon Torii. Você sabia que o corredor é composto por mais de 30 mil portais? Isso é uma loucura. Não saio de lá sem uma foto decente.

Miguel parava a todo momento em cada esquina para tirar fotos. Seu celular estava repleto de imagens de gueixas, casebres antigos, portais torii, pequenos santuários, lanternas de pedra, estátuas de divindades, cerejeiras, mesmo as secas devido à estação, e obviamente, com Hiro, que parecia ficar sem graça quando o rapaz o abraçava para tirar alguma selfie. Tudo parecia encantador e digno de ser registrado.

Os dois passaram em frente a uma cafeteria, bem aos pés do Santuário de Yasaka. O templo hokanji se erguia majestosamente no horizonte e podia ser visto desde muito distante, e em meios às casas pequenas se destacava com seus cinco andares de uma arquitetura única, com telhados curvos que cortavam o céu de Kyoto como uma divindade que brotava do chão. Miguel ficou paralisado, a câmera do celular não tinha um minuto de descanso.

— Como é lindo — disse Miguel, com os olhos vidrados na antiga pagoda budista.

— Me acompanha num café? — perguntou Hiro, apontando para a cafeteria em estilo ocidental bem à frente dos rapazes.

Miguel se deu conta de que talvez estivesse negligenciando um pouco a companhia de Hiro e se sentiu culpado.

— Claro. Eu adoraria — ele disse, guardando o celular na bolsa.

Os rapazes se acomodaram em um balcão com vista para uma janela que se abria para as charmosas ruelas de Gion. A cafeteria era elegante, com predominância da cor branca nas paredes e móveis de madeira branca com superfície em um amarelo amadeirado, lustroso e reluzente. Ramos de cerejeira artificiais enfeitavam o ambiente, pendendo graciosamente dos móveis.

Os pedidos eram realizados através de um tablet, que oferecia a opção do cardápio em japonês e inglês. Hiro solicitou uma fatia de Red Velvet e um copo de *caramel macchiato* para acompanhar. Miguel optou por um *matcha latte* e um pedaço de cheesecake.

Uma atendente simpática, que aparentava ter a mesma idade dos rapazes, logo trouxe os pedidos.

— Isso é mágico. Parece um sonho — disse Miguel enquanto bebericava um pouco da bebida, apreciava as ruas da antiga capital e via Hiro a sua frente.

— É bom a gente apreciar esses momentos de vez em quando. — Hiro percebeu que Miguel o encarava e se assustou quando viu a mão do rapaz se dirigindo até seu rosto.

Miguel estava limpando um pouco de creme que havia ficado no canto da boca de Hiro, que enrijeceu e corou na mesma hora.

— Tinha um pouco de espuma do café em seu rosto — comentou com muita naturalidade. — Você está bem? — Miguel percebera que Hiro estava surpreso com aquele gesto.

— Estou — disse ele, abaixando a cabeça e tomando mais um gole da bebida. — E agora? Está sujo?

— Agora não — respondeu Miguel, sorrindo. — Você queria que estivesse? — provocou.

Hiro ficou ainda mais nervoso e falou:

— Me desculpa. Eu sou um pouco sem jeito pra esse tipo de coisa.

Miguel pegou a mão de Hiro sobre a mesa e a segurou enquanto a alisava com o polegar.

O coração de Hiro disparou e um sorriso bobo e involuntário tomou conta de seu rosto.

— A gente não consegue disfarçar esse tipo de coisa, sabe? — sussurrou Miguel. — E fique tranquilo, pois estou sentindo o mesmo.

— Você já... — disse Hiro, fazendo uma pausa como se estivesse calculando cada palavra que viria a seguir. — Já beijou outro homem?

Miguel riu.

— Já, sim. Algumas vezes. Você nunca?

Hiro fez que não balançando a cabeça.

— Mas parece bom — disse, de maneira tímida.

— Preciso concordar. Mas acho que isso tem mais a ver com o fato de beijarmos alguém de que gostamos. Se gostamos da pessoa que beijamos, o beijo se torna muito melhor do que normalmente seria.

— Eu... eu acho que gostaria de... — sibilou Hiro.

Miguel ficou atento e ansioso pelas palavras que viriam após isso. Com os olhos arregalados e a respiração ofegante. Mas Hiro não continuou, seu rosto mudou de expressão ao desviar o olhar para as ruas de Gion. Ficou paralisado. Os olhos se arregalaram em choque, e suas pupilas se dilataram. Os lábios, antes curvados em um sorriso, se contraíram em uma linha tensa.

Miguel logo percebeu que algo não estava certo, mas Hiro continuava olhando para a rua. Miguel olhou pela janela e não viu nada. A rua parecia deserta naquele momento. Ele não percebia, mas Hiro conseguia ver um enorme yokai, do tamanho de um elefante pequeno, caminhando pela rua. O yokai estava diante deles do lado de fora. Sua aparência era grotesca. Seus olhos eram esbugalhados e o nariz saliente. Em sua testa havia duas protuberâncias, que pareciam chifres cortados. Uma barriga saliente e cheia de dobras pendia logo abaixo de um peito magro com costelas à mostra, e contrastava com seus membros finos e esguios, dando-lhe uma aparência desproporcional e alienígena. Uma enorme boca que se estendia de orelha a orelha exibia um sorriso bobo, expondo dentes afiados e tortuosos. A língua longa e esverdeada frequentemente pendia de sua boca, com um brilho sinistro. Sua cabeça era quase completamente careca, com apenas alguns fios de cabelos escorridos que desciam pelas têmporas, colando-se à pele.

O yokai movia-se com uma lentidão inquietante, e seu olhar penetrante transmitia um profundo mal-estar, como se pudesse ver a alma daqueles que o encaravam. Por um instante ele encarou Hiro, mas logo desviou o olhar. A criatura andava com calma e cruzou a ruela até desaparecer. Os turistas nem imaginavam que no meio deles uma criatura monstruosa caminhava.

— Tá tudo bem? — questionou Miguel.

Hiro sabia que não conseguiria esconder aquilo do rapaz por muito tempo.

— Eu acho que não — respondeu vagamente, sem saber se devia ou não falar a verdade.

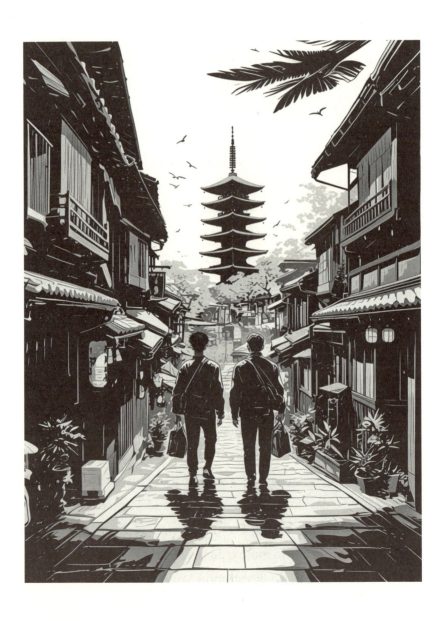

13

— YOKAIS? — REPETIU MIGUEL COMO SE NÃO acreditasse no que Hiro acabara de lhe contar quando chegaram de volta ao hostel.

— São criaturas fantásticas, das quais meu povo conta histórias, muitas das vezes assustadoras, desde a Antiguidade. Eles podem ter várias formas.

— Eu sei o que são yokais, calma. Você tá me dizendo que viu um yokai andando pelas ruas?

Hiro ainda analisava se devia contar toda a verdade, mas naquele momento decidiu contar apenas sobre aquele yokai específico, até porque sentiu algo de diferente nesse.

— Você deve achar que eu não bato bem da cabeça, não é?

— Não, que é isso.

— Então acredita em mim?

— Acredito.

— Assim tão facilmente? Achei que vocês, ocidentais, fossem mais céticos.

— Não é questão de ser cético. Eu não vi o yokai, mas vi o medo em seus olhos. Seja lá o que for que aconteceu lá na cafeteria, foi algo bem real pra você.

— Obrigado por me dar um voto de confiança, por mais absurdo que seja tudo isso.

— Você já havia visto outros yokais antes?

Hiro titubeou.

— Pode-se dizer que sim.

— Interessante.

— Jura que não está me vendo como um louco varrido?

— Claro que não. Relaxa. É comum, em várias culturas, pessoas verem lampejos do mundo espiritual. Eu não sei o que pensar sobre o assunto, pois nunca vi nada. Mas o tanto de relatos que existem sobre essas visões é um indício de que devemos ao menos considerar sua possibilidade, não lhe parece sensato? Como ele era?

— Assustador. Uma cabeça demoníaca gigante. Uma boca enorme, com poucos fios de cabelos, e uma pele vermelha cheia de machucados.

— Eu realmente não queria ver isso. Sua descrição é de algo muito específico. Se você descrevesse algo como um oni, eu poderia dizer que as lendas dessas criaturas de alguma maneira influenciaram o que você viu. Mas isso? Não me lembro de nada assim no folclore japonês.

Miguel segurou as mãos de Hiro, tentando acalmá-lo.

Estava anoitecendo, e os dois foram a um templo xintoísta. Hiro resolveu ir até lá, pois se sentiria protegido de alguma maneira. Aquele yokai era diferente dos outros que ele havia visto até então. Tinha uma energia opressora. Hiro não conseguia explicar em palavras, mas percebia isso de maneira bem nítida. Por isso arrastou Miguel ao templo para fazerem algumas orações. Miguel estava preocupado, mas logo aceitou a ideia.

Hiro gradualmente se acalmou. Estava especialmente ansioso, tanto por ter encontrado a criatura quanto por precisar contar isso a Miguel. No entanto, omitiu o fato de que o yokai havia lhe lançado um olhar perturbador. E se o yokai soubesse que Hiro podia vê-lo? Não seria o primeiro yokai que o rapaz veria, nem o último. Ele estava ciente da existência de yokais malignos e sabia que, ocasionalmente, cruzaria o caminho de um deles. Mas não imaginava que a experiência seria tão amedrontadora.

Miguel conseguiu acalmar o amigo, e após fazerem suas preces no santuário, resolveram continuar o passeio pela cidade. Havia ainda muita coisa para se fazer em Gion. A vida noturna era movimentada, com vários bares e restaurantes à disposição dos rapazes. Escolheram um restaurante tradicional japonês com decoração típica, incluindo painéis de madeira escura, lanternas de papel iluminadas e tatames no chão. As mesas baixas ofereciam uma atmosfera acolhedora, e os garçons vestiam quimonos tradicionais.

Os rapazes decidiram experimentar o menu degustação, que oferecia uma variedade de sushi, sashimi, tempurá e pratos quentes como o nabe. A refeição estava deliciosa e ajudou Hiro a relaxar um pouco. Saíram do restaurante às sete da noite, prontos para desfrutar da atmosfera noturna de Gion, com suas ruas iluminadas e charmosas.

— Eu sei de um lugar onde poderemos relaxar um pouco mais — disse Hiro. — Não sei se você vai gostar. — Ele sorriu. — Mas eu gostaria muito que você me acompanhasse.

Miguel concordou e disse que iria a qualquer lugar que Hiro quisesse.

Ele pegou Miguel pela mão e se dirigiu a uma casinha, que ficava a poucas esquinas de onde estavam. O lugar tinha a porta aberta e uma placa, onde o estrangeiro leu com alguma dificuldade: "Onsen — Casa de banho termal."

Os rapazes entraram na tradicional instalação. O local era sereno, com uma estética que mesclava o rústico e o refinado. As paredes eram de madeira escura, adornadas com painéis de papel shoji. A água dos ofurôs estava ligeiramente fumegante, e podia ser vista ao longe lançando finas névoas no ar, criando uma atmosfera relaxante.

— Isso vai me ajudar a dispersar um pouco da tensão de hoje — disse Hiro.

Miguel parecia um pouco apreensivo, mas estava disposto a acompanhar o rapaz se aquilo o ajudasse a relaxar.

Hiro sorriu para Miguel, percebendo sua apreensão. Ele sabia que seu amigo estrangeiro não estava acostumado com a cultura dos banhos compartilhados no Japão.

— Vamos, não há nada com que se preocupar — Hiro disse com um tom animado. — Você vai adorar isso. Pode ser estranho num primeiro momento, mas logo você se acostuma. Você quer conhecer a fundo nossa cultura?

Miguel fez que sim.

— Então precisa experimentar isso.

Miguel, ainda constrangido, riu nervoso enquanto Hiro se despia e guardava seus pertences num pequeno armário de madeira, e indicou que Miguel fizesse o mesmo. O estrangeiro percebeu o corpo do rapaz completamente nu. Era esbelto; embora magro, tinha os músculos bem delineados. Os gomos em sua barriga podiam ser contados nitidamente. Ele virou de costas e Miguel desviou o olhar, mas não resistiu, e de soslaio viu as nádegas de Hiro. Sem conseguir desviar o olhar, acompanhou o rapaz se lavar num chuveirinho e entrar no ofurô.

Miguel se despiu com timidez e repetiu os passos do amigo. Hiro notou que Miguel colocara as mãos sobre seu pênis, e estava completamente sem graça, tentando disfarçar uma suave ereção.

— Me desculpa — disse Miguel. — Eu não esperava por isso.

— Não tem do que se envergonhar — disse Hiro, rindo, tentando não olhar para Miguel. — Aliás, você tem um corpo muito bonito.

Miguel sentiu o rosto corar. Estava superacostumado a ouvir esse tipo de elogio. Mas vindo de Hiro tinha um peso diferente. Agradeceu sem graça e finalmente se juntou a ele na água quente, sentindo-se um pouco exposto, mas tentando relaxar. A água estava perfeitamente aquecida, aliviando a tensão em seus músculos. Soltou então um suspiro de contentamento.

— Ah, isso é realmente bom — ele disse, agora começando a apreciar a experiência.

— Eu disse que você ia gostar. Nada melhor que um banho quente para relaxar.

Hiro sorriu, satisfeito ao ver Miguel se ajustando. Os dois fecharam os olhos e apreciaram o momento. Conversaram brevemente sobre assuntos corriqueiros.

De repente, enquanto conversavam, as pernas dos dois se tocaram sutilmente. A sensação do contato fez Miguel sentir um calafrio suave, o que não passou despercebido por Hiro, que deu um sorriso travesso. Miguel passou o dedo dos pés suavemente pelas coxas de Hiro, que sorriu com as mãos sobre a boca e olhou para os lados. Miguel sabia que ali não era momento para essas coisas, mas ficou feliz em confirmar que havia uma atração física genuína entre os dois. Os corpos dos rapazes fumegavam mais que a água, mas se contiveram.

Após a visita às termas, Miguel sugeriu uma caminhada pelas margens do rio Shirakawa. Esse local era um dos pontos mais frequentados da cidade, pois oferecia uma paisagem bucólica digna de contos de fadas. As ruelas pavimentadas com pedras ao longo do riacho estavam ladeadas por árvores, moinhos d'água, casas tradicionais e postes de iluminação amarela. Um passeio pela região encerraria aquele dia de forma memorável.

A paisagem acolhedora e as ruas mais vazias naquele horário criavam um ambiente tão aconchegante que Miguel colocou o braço ao redor do pescoço de Hiro, sua mão tocando o ombro do rapaz, e o puxou para mais perto de si. Os dois caminharam abraçados de lado. Conversavam sobre as curiosidades locais e imaginavam como seria viver ali, comparando-o com o ritmo agitado de Tóquio. Discutiram suas experiências passadas, estudos, planos futuros e como estavam aproveitando a viagem.

Os dois se detiveram próximos a uma idílica passagem de pedra que cruzava o Rio Shirakawa. Ramos secos de cerejeiras se estendiam por cima dela, criando uma atmosfera serena. A rua estava vazia, já que era tarde, e os dois rapazes se encostaram na mureta da Ponte Tatsumi para aproveitar o momento. O som da água do rio correndo sob a estrutura misturava-se ao canto dos grilos e cigarras que habitavam a área, criando uma melodia agradável.

Hiro se sentiu à vontade, ficou de frente para Miguel e o abraçou, repousando a cabeça em seu ombro. Miguel acariciou os cabelos do capaz e sussurrou:

— Você me disse que nunca havia beijado outro rapaz.

— Isso mesmo. — Hiro levantou o rosto, encarando Miguel.

— E tem vontade?

— Se fosse alguém de que eu gostasse, sim.

— E... você gosta de mim?

Hiro respirou fundo e projetou os lábios ao encontro da boca de Miguel, e o beijou como resposta. Uma sensação de elevação tomou conta do corpo de Hiro ao ter os lábios de Miguel junto aos seus.

— Eu acho que isso é um sim — respondeu Hiro sem conseguir encarar Miguel.

— Não precisa ficar sem graça. Você beija muito bem. — Miguel apertou o jovem japonês contra si.

Hiro pôde sentir o peito do rapaz, e ali repousou o rosto por alguns segundos, retribuindo o aperto no abraço, trazendo-o para mais junto de seu corpo. Os dois se beijaram novamente.

Uma chuva fina e fria começou a cair naquele exato momento, fazendo os dois pararem o beijo e começarem a rir. Miguel estava completamente extasiado. A sua frente estava um lindo rapaz, e a seu redor, uma exuberante paisagem composta de casas antigas de madeira, cerejeiras e um rio encantador, que ao receber a chuva produzia um som divino e acolhedor.

Hiro sacou da bolsa um guarda-chuva transparente e o abriu.

— É pequeno, mas se nos apertarmos, caberemos nós dois — disse sorrindo.

Os rapazes caminharam debaixo da chuva, abraçados, protegidos pelo guarda-chuva de volta até chegarem ao hostel onde estavam hospedados. Não tiveram pressa, apreciaram cada momento. Hiro arriscou dar um beijo no rosto de Miguel. Olhou para os lados para ver se alguém havia notado, mas àquela altura da noite, as ruas já estavam completamente desertas. E apenas a lua foi a testemunha silenciosa daquele momento mágico entre os dois.

14

O PASSEIO A KYOTO FORA PERFEITO EM TUDO.
Já de volta a Tóquio, Hiro acordou naquela manhã lembrando-se da viagem e desejando logo entrar de férias para poder viajar para outros destinos com Miguel. No celular havia várias mensagens do rapaz com sugestões de passeio: Nakasendo, Super Nintendo World, o vilarejo de Shirakawa Go e até o Yufuin Floral Village, na província de Oita. Hiro sabia que o lugar era um parque temático de fantasia medieval que lembrava um filme do Studio Ghibli. O rapaz sorria ao ler aquelas mensagens e conseguia se imaginar em cada um desses ambientes.

— Vejo que voltou revigorado — comentou Mochi entre um pigarro e outro.

— A viagem foi maravilhosa, isso não posso negar — rebateu o rapaz, já ajeitando a cafeteira para abrir a livraria.

O oni parou de frente para ele, esfregou as mãos, colocou-as unidas sobre a boca como numa prece e perguntou:

— Você o beijou?

Hiro se assustou com a pergunta e derrubou pó de café sobre o balcão.

— Isso é algo pessoal, Mochi.

— Você está vermelho.

— É por causa do calor da água fervendo para o café.

— Mas a máquina nem está ligada.

— Tá bom, tá bom, eu o beijei, e foi incrível, tá satisfeito?

— Eu? Estou curioso, pelo visto quem tá feliz é você.

— É tão óbvio assim, Mochi?

— Está estampado na sua cara. Fico feliz por vocês. Sabe, eu não entendo que graça tem colocar a boca sobre a boca de outra pessoa e ficar mexendo-a como se sugasse o ar da outra. Ainda mais quando as línguas se encostam. Por que vocês fazem isso? Não faz cócegas?

— Mochi?

— Me diga, humano, isso é realmente bom? Parece algo tão nojento.

— Você não entenderia, se bem que, visto da maneira como você descreveu, eu concordo contigo.

— Vocês, humanos, são estranhos.

— Você está desconsiderando a questão social por trás do beijo, o que ele significa para nós. O beijo é um símbolo.

— Isso não me convence. Só de pensar que a coisa fica ainda pior quando vocês ficam pelados juntos...

Hiro deu um forte peteleco na testa do oni que o fez tombar para trás na hora.

— Como você sabe dessas coisas? — perguntou Hiro, assustado.

Mochi estava caído sobre o balcão, olhando para cima com os olhos arregalados.

— Eu já cansei de ver essas cenas repugnantes. Se esqueceu de que os humanos não podem nos ver, pelo menos a maioria deles?

— E você fica observando a intimidade das pessoas? Não tem vergonha?

Hiro ligou a cafeteira.

— Não, eu acho engraçado. Sabe eu não entendo como essas coisas funcionam, uma hora tá de uma forma, e depois, do nada… aí vocês fazem uns movimentos. — Mochi se movimentava, tentava imitar o que descrevia. — É algum tipo de ritual?

— Mochi, cala a boca, por favor.

15

NAQUELA NOITE UMA TEMPESTADE CAÍA SOBRE
Tóquio de maneira impiedosa. As janelas do quarto de Hiro eram tomadas por clarões seguidos de estrondos que faziam o prédio inteiro tremer. Hiro ligou a pequena tevê do quarto, colocou no canal de notícias vinte e quatro horas, e lá uma jornalista falava da tempestade colossal que assustava a cidade.

Não era comum uma chuva tão intensa como essa, naquela época do ano. Hiro mandou uma mensagem para Miguel, perguntando se ele estava bem. O rapaz respondeu que sim.

Hiro desligou a televisão, olhou no relógio: era meia-noite em ponto. A luz do quarto estava apagada, e em dias normais ele conseguia ver parte da cidade pela janela do quarto. Os arranha-céus, os viadutos, tudo distante no horizonte. Mas naquela noite a chuva era tão intensa que ele só conseguia ver algo quando um relâmpago clareava toda a cidade.

Um som alto, como o de passos na chuva, começou a envolver a casa. Hiro sentiu um presságio ruim, como se algo o estivesse observando, mas só via a água escorrendo pela janela como se a casa estivesse derretendo. Um trovão ecoou como uma bomba, e logo após o clarão, a imagem apareceu na janela. Um par de olhos esbugalhados, sem vida, um nariz protuberante e uma boca com sorriso bobo com uma língua pendendo para fora como uma enguia morta. Um rosto gigante e vermelho, com cabelos escorridos apenas dos lados o encarava. O mesmo yokai sinistro que vira em Kyoto o espreitava pela janela. A criatura passou a enorme língua pelo vidro e soltou um grunhido estranho que fez a espinha de Hiro gelar.

O rapaz se encolheu debaixo da coberta, com as costas forçasdas contra a parede.

Mais um clarão cruzou os céus, e a figura do yokai não mais estava na janela. Hiro não conseguiu pegar no sono naquela noite, estava completamente assustado. Fora tomado pelo mesmo sentimento de quando vira aquele yokai da última vez.

A noite passou, porém, a chuva continuou. A cada trovoada, Hiro olhava para a janela, mas o rosto medonho não tornou a aparecer durante a madrugada.

— Isso não é um bom sinal — comentou Mochi ao ouvir os detalhes da boca de Hiro.

— Foi o que imaginei. Acho que aquele yokai vem me seguindo desde Kyoto.

— Ele deve ter gostado de seu cheiro.

— Como assim?

— Ele te achou saboroso. Itadakimasu — disse Mochi, juntando as mãos, abaixando a cabeça e proferindo a palavra de gratidão tradicionalmente usada antes das refeições no Japão.

Hiro sentiu um peso gelado na boca do estômago.

— Existem casos de yokais que realmente devoram humanos?

— Claro. A grande maioria dos casos de pessoas que desaparecem envolve algo do tipo. Elas nunca são encontradas porque algum yokai as devorou — disse Mochi, calmamente, enquanto lambia a pata como num banho felino.

Hiro arregalou os olhos em descrença. Uma única lágrima escapou de seu olhar fixo, deslizou lentamente por sua bochecha, e denunciou um sorriso com expressão de choque.

— Mas calma, humano. Ele pode estar atrás de outra coisa. Yokais são imprevisíveis. Você precisa descobrir o que ele quer com você.

— Eu não quero ter que encarar aquela coisa nunca mais.

— Vamos aguardar e ver se ele aparece mais uma vez.

16

OS DIAS PASSARAM, E HIRO NOTOU QUE O TENE- broso yokai não o visitara mais. O evento da noite da tempestade parecia ter se dissipado de sua memória. Enquanto isso, a livraria estava passando por uma fase excelente. Novos clientes foram conquistados e, durante o horário do almoço, a loja transbordava de pessoas. Muitos frequentadores vinham não só em busca de livros, mas também para desfrutar do ambiente aconchegante e saborear uma xícara de café. Com o aumento do movimento, Hiro encontrava-se cada vez mais ocupado, mas finalmente via uma virada na parte financeira do negócio.

Era dia 3 de fevereiro, e no Japão, isso significava que era o dia do Setsubun. Esse festival é uma ocasião importante, marcada por uma cerimônia especial em que as pessoas lançam feijões para fora de casa, simbolizando a expulsão dos maus espíritos e a atração de sorte para o ano novo. É uma espécie de faxina espiritual para começar o ano com o pé direito, livrando-se das energias negativas. Hiro estava ocupado organizando e decorando as prateleiras de sua acolhedora livraria para o evento especial que aconteceria ali aquela noite, o qual o rapaz vinha divulgando no último mês. Miguel o observava admirado, dando-lhe suporte. Eles haviam pendurado meticulosamente gruas de origami coloridas no teto, cada uma simbolizando esperança e renovação para a próxima primavera, além de ramos de erva-de-gato e pessegueiro espalhados pelo ambiente.

— O pêssego é muito presente em nossa mitologia — comentou Hiro, enquanto Miguel o ajudava na decoração. — Deve ter alguma ligação com a história do Momotaro.

— Quem é Momotaro? — perguntou Miguel.

— Momotaro é uma história tradicional aqui no Japão, muito conhecida pelas crianças — explicou Hiro. — Diz a lenda que ele foi encontrado dentro de um pêssego por uma senhora idosa. Ao crescer, Momotaro embarcou em uma jornada para derrotar alguns onis e proteger sua aldeia.

— Parece interessante — disse o brasileiro. — Essa eu não conhecia.

Uma atmosfera mágica pairava no ar, como se os antigos espíritos estivessem próximos, prontos para participar das festividades. Com o anoitecer, os clientes começaram a entrar na livraria para o evento de Setsubun. Hiro distribuiu pequenos saquinhos de grãos de soja torrados, explicando sua importância. Havia alguns estrangeiros entre os visitantes, e Miguel ajudou a explicar a cerimônia a eles. Tanto Hiro quanto Miguel estavam vestidos com trajes típicos japoneses, Hiro com um quimono elegante, e Miguel com um yukata estiloso. Dessa vez, Miguel havia conseguido convencer o rapaz a utilizar as roupas tradicionais, alegando que aquilo ajudaria a atrair a clientela durante o evento.

— Está quase na hora. Lembre-se, Miguel — sussurrou Hiro —, grite *"oni wa soto, fuku wa uchi!"*, que significa "para fora o mal, para dentro a fortuna!".

Miguel concordou. Estava empolgado em participar de uma cerimônia tão tradicional. Já se sentia quase um japonês de verdade. O rapaz foi para fora da livraria, enquanto lá dentro os clientes se preparavam com os saquinhos de soja torrada.

Na hora combinada, a porta se abriu, Hiro observou Miguel, usando uma máscara de oni absurdamente grande, cambalear pela sala enquanto os clientes riam, atirando grãos de soja nele enquanto gritavam *"oni wa soto, fuku wa uchi"*.

— Ele não se parece em nada com um oni — comentou Mochi, com as mãos na cintura. — Fico me perguntando como uma cerimônia tão séria como o Tsuina Shiki se transformou nessa pataquada.

Hiro, sorrindo, lançou um dos grãos em Mochi, que gritou assustado e saltou para trás do balcão.

— Nem brinque com isso — resmungou o yokai se pendurando, enquanto lançava um olhar reprovador para Hiro.

Uma chuva de soja torrada voava do lado de fora da livraria. Miguel se divertia, e Hiro estava admirado com o sucesso do evento. Havia no total quinze pessoas participando da cerimônia. Clientes trouxeram seus filhos, que se divertiam vendo Miguel ser acertado por grãos torrados. Naquela noite, após a cerimônia, Hiro sentiu uma mistura de exaustão e euforia. Enquanto varria o chão da livraria, juntando toda a sujeira provocada pelos grãos de soja, ele pensava nos momentos alegres que compartilhara com os clientes durante o Setsubun. Com certeza transformaria aquilo num evento anual.

Miguel o ajudava na arrumação. Não parecia nem um pouco cansado. Já havia se despido das roupas tradicionais após uma longa sessão de selfies que em breve postaria em seu Instagram.

Após arrumar o espaço e limpar toda a bagunça, Hiro fechou a livraria. Antes de apagar as luzes, permitiu-se um momento de tranquilidade para apreciar a serenidade do ambiente. Em seguida, despediu-se de Miguel com um abraço caloroso e compartilharam um breve beijo. Hiro presenteou o namorado com alguns livros: uma cópia do *Nihon Shoki*, que narra a lenda de como Izanagi escapou das criaturas do Yomi usando um ramo de pessegueiro para afastá-las, e um livro infantil contando a história de Momotaro, adaptada de forma didática.

— Espero que goste. Li as *Crônicas do Japão* na escola e, para ser honesto, foi um desafio entender tudo. Não desanime se tiver dificuldade também. — Hiro sorriu.

— Muito obrigado. Isso vale ouro — Miguel agradeceu com uma mesura.

Hiro pensava que o rapaz em certos momentos era mais japonês do que ele próprio.

— Eu tenho o melhor namorado do mundo — disse Miguel, fazendo o coração de Hiro acelerar e seu rosto enrubescer.

Agora sozinho, Hiro começou a arrumar as últimas prateleiras, tentando manter a sensação de felicidade que o envolvera durante o dia. Apenas o som distante do vento soprando lá fora envolvia a livraria.

Foi então que, ao apagar as luzes e se aproximar da vidraça para fechar a persiana, Hiro teve um sobressalto. No reflexo do vidro, uma figura macabra olhava diretamente para ele do lado de fora na rua estreita. Seus olhos pareciam ainda mais ameaçadores na escuridão da noite, enviando arrepios pela espinha de Hiro. Ele prendeu a respiração, paralisado pelo medo, enquanto o yokai de rosto grande e olhar indiferente o encarava. A língua dele pendeu da boca e dançou no ar.

— Fome — murmurou a criatura num tom grave que ecoou dentro da livraria.

— Mochi! — gritou Hiro, subindo as escadas correndo.

O pequeno oni estava dormindo profundamente em cima da escrivaninha do quarto. Hiro o sacudiu algumas vezes, mas em vão. Mochi parecia uma pedra imóvel. Apenas resmungou algo incompreensível e se virou, não dando atenção ao rapaz. A criatura apareceu na janela do quarto, parecendo ainda maior, como se tivesse a habilidade de mudar sua forma se expandindo até alcançar o segundo andar como no dia da tempestade.

Hiro pegou o celular, pensando em mandar uma mensagem para Miguel, mas se lembrou das palavras de Mochi sobre os humanos que eram devorados por yokais, e achou arriscado fazer o namorado voltar à livraria e virar petisco da criatura. Talvez graças à cerimônia do Setsubun a criatura não pudesse entrar no local, pensou, mas Hiro duvidou dessa hipótese, pois tudo o que fizeram foi uma encenação de brincadeira da verdadeira cerimônia.

O rapaz correu novamente para a parte de baixo da livraria e pegou um dos saquinhos de feijão na gaveta do balcão. Se a lenda dizia que Bishamonten havia espantado criaturas malignas tacando feijões nelas, talvez ele também conseguisse. Hiro imediatamente se lembrou do pequeno santuário que havia no jardim nos fundos da livraria e para lá se dirigiu.

Talvez estivesse seguro ali, perto do santuário, mas o rapaz nem sequer sabia a quem deveria recorrer. Não fazia a mínima ideia de qual kami fora venerado naquele lugar antes de ser abandonado. O jardim estava mergulhado na escuridão. Havia ali uma pequena lanterna de pedra. O rapaz se lembrou de que seus pais diziam que elas serviam para afastar espíritos malignos; se pelo menos ele a tivesse mantido acesa, ela talvez fosse útil naquele momento.

Hiro juntou as mãos trêmulas em forma de prece diante do pequeno santuário, quando um sopro quente roçou sua nuca. Uma sensação de puro terror percorreu sua espinha, congelando-o no lugar. Ao se virar, deparou-se com o vislumbre grotesco do yokai espreitando por sobre o muro. Sua língua molenga serpenteava pelo ar, lambendo a superfície de pedra do muro que os separava, como se saboreasse o medo de Hiro.

Sem hesitar, o jovem arremessou os feijões em direção à criatura, mas o ato não surtiu efeito algum. O monstro começou a deslizar como uma sombra viscosa pela parede da mureta, adentrando lentamente o pequeno jardim. Seu corpo era disforme, um tanto gelatinoso, se esticava e se contraía. O coração de Hiro pulsava descompassado.

Olhou para os lados como se buscasse alguma saída. Não havia nada que pudesse ajudá-lo naquele momento. Olhou então para o céu, onde seus olhos se fixaram ao perceber uma luz estranha que rasgava a escuridão. O brilho se intensificou, era como se uma estrela cadente tivesse mudado sua órbita, e em vez de cruzar os céus, se precipitava em direção ao solo em alta velocidade. Antes mesmo que Hiro conseguisse distinguir o que era, a luz se chocou contra o yokai com uma violência devastadora, derrubando o monstro do lado de fora do jardim.

Um estrondo ensurdecedor ecoou pelo ambiente, levantando uma nuvem de poeira. Por um momento, o mundo pareceu paralisar-se, seguido por um silêncio absoluto e vazio que fez o rapaz acreditar que apenas ele tinha ouvido a explosão. Os pássaros no telhado do prédio ao lado permaneceram indiferentes ao que acontecia. Hiro ficou imóvel, perplexo diante da cena que acabara de presenciar. Apenas os grilos cantavam repetidamente uma melodia sombria na escuridão.

Após alguns segundos de completo silêncio, que para Hiro pareceram uma eternidade, emergiu, sobre o muro, uma figura conhecida em seu voo majestoso. Suas asas negras recortavam o céu noturno. Era o mesmo tengu que habitara seu telhado meses atrás. Com seu olhar penetrante e postura imponente, flutuava no céu de braços cruzados. Seus olhos encontraram os de Hiro em um instante de entendimento mútuo, de gratidão e dívida saldada.

A presença do yokai maligno agora não passava de uma memória distante, dissipada pela intervenção divina do tengu.

— Tenho uma dívida de gratidão para contigo, humano.

— Como? Como você surgiu? — questionou Hiro num sussurro.

— Já havia algum tempo eu vinha pressentindo a presença de um yokai poderoso por esta região. Do tipo que eu nunca havia percebido, pelo menos nas últimas décadas, nesta área. Quando percebi que ele rondava a livraria resolvi vigiá-lo. Ele normalmente não poderia ter entrado aqui devido à existência do santuário. Mas parece que ele vinha se alimentando de seu medo nesses dias, e se tornou forte o suficiente para conseguir invadir o local. Mas não se preocupe, a criatura não lhe causará mais mal nenhum. Ela foi reduzida a uma mera sombra, e levará muitos séculos para conseguir se recuperar.

Hiro apenas conseguiu agradecer ao tengu por salvar sua vida. Não conseguia dizer mais nada. Estava em estado de choque e profundamente grato.

— Era minha obrigação moral contigo — bradou o tengu. — A dívida está paga. Agora, se eu puder lhe dar um conselho, volte a cuidar do pequeno santuário. Já que você consegue ver o mundo dos yokais, é bom estar protegido. Outras criaturas como essa podem eventualmente cruzar seu caminho. Não é tão comum essas coisas perseguirem humanos, mas é sempre bom estar prevenido. Cuide do santuário, isso o ajudará em sua proteção.

Em meio à quietude da noite, o tengu estendeu sua gratidão numa reverência solene, antes de desaparecer na escuridão. Hiro permanecia ali, tremendo de emoção e alívio, envolto pela energia do que acabara de presenciar. Olhou para o pequeno santuário e decidiu que no dia seguinte já começaria a reformá-lo.

17

ERA UM FINAL DE SEMANA, E HIRO SE LEVANTOU cedo para limpar o jardim e cuidar do velho santuário que havia no fundo da livraria. Miguel chegara logo depois de receber a mensagem do namorado contando o que havia acontecido na noite anterior.

— Um tengu, é? — disse o rapaz, ajeitando os óculos enquanto Hiro varria as folhas mortas do chão do jardim. — Ele tinha um nariz comprido como nas lendas?

Hiro confirmou.

— Você deveria ter me ligado. Eu viria te socorrer — disse Miguel.

— Aí o maldito yokai teria uma refeição completa.

— Eu estou preocupado com você — externou Miguel.

— Fique tranquilo. O santuário ajudará a nos proteger. Foi o que o tengu me disse.

Mochi estava sentado nas telhas que cobriam o muro de pedra que separava o calmo jardim da agitação de Tóquio do lado de fora.

— Quer dizer que meu humano quase virou petisco de yokai na noite anterior? Eu sabia que tinha ouvido um barulho forte ontem à noite, mas achei que era coisa de minha cabeça. Eu sonhei que tinha um rapaz estúpido me chamando...

Hiro apenas ignorou o comentário do oni.

— Acho que precisaremos de algum sacerdote xintoísta para nos ajudar com isso — comentou Hiro enquanto deixava a vassoura de lado, recostada no muro.

— Ou podemos procurar alguma informação em algum livro — sugeriu Miguel, ajudando a retirar algumas ervas daninhas que cresciam na antiga lanterna de pedra. — Você tem uma seção de religiosidade por aqui. Alguns desses livros podem nos ajudar.

— Acho que antes precisamos saber qual kami era venerado aqui — concluiu Hiro.

— Eu acho que tenho uma leve suspeita de quem possa ser — disse Mochi, saltando do muro e caindo de cara no chão com a bunda pro alto. — Mas há algum tempo que não o vejo na região. Se meu palpite estiver correto, vamos precisar de saquê para atraí-lo.

Hiro encarou o oni como se não entendesse o que Mochi lhe dissera.

Naquela tarde, Mochi trouxe consigo uma cabaça e um sakazuki — uma espécie de vasilha rasa própria para se beber o saquê. Orientou que Hiro despejasse uma quantidade da bebida nela e colocasse aos pés do pequeno santuário.

— Agora é só aguardar — disse o oni.

— Isso é uma espécie de oferenda? — perguntou Hiro.

— Sim e não. O velho kami é um beberrão apenas. Isso irá atraí-lo — respondeu Mochi.

126

— Espero que funcione.

Um pouco mais tarde, Hiro ouviu um som vindo do jardim, semelhante a um bebericar rápido seguido de soluços. Ele correu para os fundos da loja, e lá estava quem procuravam. Hiro se surpreendeu ao perceber que a figura era uma velha conhecida. Já a havia visto pela livraria. Tratava-se de um homem de um metro e meio de altura e vestia uma capa rústica feita de palha de arroz. Sobre a cabeça trazia um amplo chapéu com abas redondas e achatado, também feito de palha, que lançava uma sombra sobre seu rosto escondendo-o, não permitindo a Hiro perceber com clareza as feições do homem.

O yokai percebeu que estava sendo observado e olhou de soslaio para a porta onde Hiro e Mochi o vigiavam.

Todos permaneceram calados enquanto o yokai com chapéu de palha se levantou, e virou-se de frente para aqueles que o espreitavam.

— Foram vocês que trouxeram saquê para o velho Tetsuya?

Eles apenas concordaram, enquanto Hiro sussurrou:

— Ele não se parece em nada com um kami. Não é dessa maneira que imagino uma divindade.

— É porque ele não é mais uma divindade — respondeu Mochi.

— Como assim? — perguntou o rapaz.

— Como posso explicar? — Mochi fez uma pausa, pensativo, com o polegar e o indicador envolvendo o queixo. — Na linguagem humana, ele foi rebaixado para a posição de um simples yokai.

Hiro franziu a sobrancelha como se achasse aquela história um verdadeiro absurdo. O velho yokai continuava parado encarando os dois, se abaixou e pegou a cabaça que estava cheia de saquê e levou à boca.

— Como assim… rebaixado?

— Humanos, kamis e yokais estão todos no mesmo barco. Você provavelmente conhece a história de Sugawara no Michizane, que foi divinizado e se tornou a divindade número um entre os estudantes do Japão.

Hiro confirmou com a cabeça.

— Assim como um humano foi capaz de se tornar um kami, as divindades podem ser rebaixadas para meros yokais.

Hiro parecia ainda mais confuso.

— Eu sou uma divindade esquecida — disse Tetsuya, interrompendo o diálogo dos dois. — Não falem de mim como se eu não estivesse aqui.

Hiro voltou sua atenção cativa ao yokai.

— Esquecida?

— Isso mesmo, garoto. Há muitas estações este santuário foi erguido à divindade que se abrigava nesta árvore. As pessoas do vilarejo faziam seus pedidos e suas oferendas com regularidade. Foi quando eu apareci pela região. Eu sou um velho marebito.

Hiro parecia imerso por um tsunâmi de dúvidas.

— Uma espécie de divindade de outro plano que visitava os vilarejos no ano-novo trazendo consigo presentes para as pessoas do vilarejo — explicou Mochi.

— Isso mesmo — continuou Tetsuya. — As pessoas do vilarejo ficaram tão encantadas comigo que eu não fui capaz de ir embora. Elas me traziam presentes, faziam pedidos e preces a mim. Quando menos percebi, este santuário já era completamente dedicado a mim. Acontece que os anos foram passando, e o vilarejo cresceu. Casas foram construídas, formando vielas intermináveis, isolando pouco a pouco o pequeno santuário do resto do mundo. Chegou a tal ponto que somente as pessoas que moravam próximas a ele sabiam de sua existência. Um velho samurai aposentado comprou este prédio e o transformou numa casa de chá. Mas acabou anexando o santuário a seu jardim pessoal. — O velho yokai soluçou. — Durante alguns anos, ele e sua família ainda faziam orações e deixavam suas oferendas, e mesmo alguns de seus clientes visitavam o santuário com certa regularidade. Mas por fim, com a morte do velho, o santuário ficou completamente isolado do resto da cidade, e eu já não recebia mais visitas nem preces. Eu fui esquecido ao ponto de me tornar um mero ser errante sem função neste mundo. Sem as visitas e as preces, o santuário foi abandonado, e eu deixei de ser um kami, pois ninguém mais se lembrava de mim.

Hiro parecia compadecido com a história do velho, que, após a pausa em seu drama pessoal, tornou a bebericar o saquê.

— Hoje Tetsuya não mais é venerado, e vive atrás de bebidas pela cidade. Ninguém mais conhece minha história. Ninguém nunca mais ouviu falar de meus feitos. As gerações que me conheciam já deixaram este mundo há centenas de invernos.

— Kamis ficam enfraquecidos e perdem sua essência divina quando deixam de ser venerados. Ele precisa recuperar a fé das pessoas — explicou Mochi.

Hiro se aproximou do velho.

— Nós gostaríamos que você retomasse sua função no santuário. Precisamos colocar este lugar na ativa novamente.

O velho marebito o encarou com olhar cético, esboçou um sorriso e disse:

— O humano está falando sério?

— Sim. Só me diga o que precisamos fazer.

Tetsuya arregalou os olhou e soltou um arroto. O cheiro do saquê preencheu todo o lugar.

— Mas primeiro precisamos resolver esse seu problema com a bebida — disse Mochi.

— Tetsuya bebe pra esquecer que está bêbado. Tetsuya bebe pra esquecer que foi esquecido — disse ele, soluçando.

18

HIRO DECIDIRA QUE DEIXARIA A PORTA DO JARDIM sempre aberta nos horários em que a livraria estivesse funcionando. Dessa maneira pretendia atrair a atenção do público para o pequeno santuário. Esperava que com isso as pessoas pudessem voltar a visitar o lugar. O rapaz criou panfletos explicando sobre a história do kami que ali fora venerado, sobre a história dos marebitos e sobre a história do pequeno santuário que aos poucos tinha sido esquecido, e os deixava sobre o balcão.

— Quer dizer que há um santuário em seu jardim? — perguntou uma senhora enquanto olhava por cima dos ombros de Hiro tentando enxergar o fundo da loja. — Isso explica o portão torii na entrada da rua. Muitos achavam que o santuário do qual ele fazia parte já havia se perdido no tempo e o velho portal fora tudo o que restara. Mas quer dizer que ele estava aqui o tempo todo. Fascinante.

— Sim. Ele estava abandonado, mas resolvi revitalizá-lo — disse Hiro, entregando à senhora o livro que ela havia comprado já devidamente dentro de uma sacola.

— E a qual kami ele é dedicado? — A mulher se aproximou da porta e observou o pequeno jinja com interesse.

— Ao marebito, segundo uma inscrição em um dos monólitos no local.

— Não conhecia tal kami. Mas, afinal, são tantos os kamis que não pode se esperar que conheçamos todos. Se bem que poderia ser um santuário dedicado a Inari, eu ficaria muito feliz se fosse, não é mesmo? Bem, outro dia volto com calma. Não custa nada recorrer sempre aos kamis, seja lá qual eles sejam.

A senhora deixou a loja enquanto a antiga divindade se aproximava de Hiro.

— Com todo o respeito a Inari, mas não acham que ele já tem templos demais espalhados pelo país? — perguntou Tetsuya.

— As lendas sobre os marebitos se perderam no tempo, não a julgue. Somente os estudiosos do tema conhecem sobre vocês — comentou Mochi. — Hiro, faça alguns cartazes e cole na vitrine da livraria falando sobre o santuário, talvez assim consigamos mais alguns visitantes.

— Boa ideia, Mochi.

Levou dois dias e meio após o cartaz ser colocado do lado de fora da livraria para que a primeira prece fosse endereçada ao esquecido kami. Um jovem casal entrou na livraria junto de sua filha, que se escondia timidamente atrás de seus pais.

— Com licença — disse o homem. — Gostaríamos de visitar o pequeno santuário. Vimos o cartaz na entrada, e moramos aqui perto. Esta é minha esposa, Yumi — ele apresentou a mulher de cabelos curtos e óculos. — E esta é nossa filha, Yua. — O homem apontou para a menina com maria-chiquinha nos cabelos, vestindo uma roupa colorida. — Minha filha gostaria de fazer uma prece especial ao kami. Acreditamos que, por ser um kami local, ele possa nos ajudar.

— Fiquem à vontade — disse Hiro, com uma leve mesura. — Aproveitem e deem uma olhada também em nossos livros, caso tenham interesse.

A mulher sorriu em concordância, enquanto o homem levou a filha ao jardim. Hiro observou de longe enquanto o pai ensinava à filha como se portar em um santuário xintoísta. Ele guiou suas mãos para juntar em uma prece adequada, orientando-a a inclinar a cabeça respeitosamente e a fazer uma reverência suave após bater palmas três vezes.

Os dois passaram alguns minutos ali, antes de retornarem ao interior da livraria, onde encontraram a mãe escolhendo um velho livro de receitas. Após a experiência agradável, a família se despediu de Hiro com agradecimentos calorosos pela acolhida.

— Voltem sempre — disse o rapaz.

— Eu tenho um pedido, eu tenho um pedido — gritava Tetsuya com a voz enrolada e confusa. — Eu tenho meu primeiro pedido em séculos. Tetsuya foi novamente reconhecido como kami.

— Qual foi o pedido que a menininha lhe fez? — perguntou Hiro enquanto se aproximava do marebito.

Ele estendeu um pedaço de papel no qual era possível ler em letras infantis. "Por favor, kamisama, me ajude a encontrar meu gatinho preto. Ele se chama Sora e tem uma mancha branca no focinho. Eu amo demais meu gatinho."

O pedido não era nada complicado. Hiro ficara feliz por Tetsuya, mas logo Mochi, com a cara fechada, chamou o rapaz para um canto.

— O pobre marebito mal consegue ficar de pé. Não acredito que ele conseguirá dar conta de algo assim. Ele não tem mais nenhum poder, teria que ir procurar o gatinho por conta própria. Quais as chances de isso dar certo? Veja, o sucesso de um santuário está intimamente ligado à fama de suas preces atendidas. Se Tetsuya não for capaz de resolver algo simples assim, ele logo se tornará uma chacota na vizinhança.

— Está sugerindo que a gente resolva as preces feitas a ele?

— Não. Estou sugerindo que VOCÊ resolva. Eu não tenho a menor paciência para isso. Estou feliz com minha condição de yokai, e nunca pretendi ter um santuário meu e interagir com os pedidos dos humanos. Só de pensar nisso me cansa. Mas se quiser que esse santuário seja reconhecido novamente, acredito que o velho marebito precisará de uma mãozinha enquanto não recupera suas forças.

Hiro encarou Mochi, fitou o papel com o pedido e olhou para Tetsuya, que já estava caído no chão como se tivesse pegado no sono de tão bêbado. Olhou novamente para a prece e leu "Sora". "Então, esse é o nome do animal que preciso encontrar. Como encontrarei um gatinho perdido no bairro?", ele pensou.

Miguel havia concordado em ajudar Hiro com a livraria naquele fim de tarde, enquanto ele sairia às ruas em busca do gatinho com uma mancha branca no focinho.

— Os gatos têm hábitos crepusculares, eles ficam mais ativos no entardecer — disse Miguel, se ajeitando atrás do balcão da livraria enquanto vestia o avental do namorado. — Então, se há uma chance de você encontrá-lo perdido por aí, esse é o melhor horário.

— Eu só preciso encontrar um gato preto com uma mancha branca no focinho que esteja perdido. Não parece tão difícil. E obrigado por me ajudar com a livraria enquanto eu saio atrás do bichano.

— O que não faço para ajudar o melhor namorado do mundo, né? — disse Miguel enquanto preparava uma xícara de café para si e colocava um livro no balcão que pretendia ficar lendo.

Hiro colocou sua bolsa, beijou Miguel e saiu às ruas. Sabia que a família da garotinha morava ali perto, pois assim eles lhe disseram. Logo, concluiu que as chances de Sora estar nas ruas próximas era grande. Ainda assim, uma preocupação tomava conta do rapaz, pois a região era muito movimentada. Um mero descuido e Sora poderia ter sido atropelado, ou raptado. Ele tentou dissipar essas preocupações e se manter positivo.

Mochi o acompanhava dentro de sua bolsa, a contragosto. Hiro conseguiu convencer o pequeno oni a acompanhá-lo lhe prometendo doces. Não era difícil conseguir favores do oni em troca de guloseimas.

— Toma, isto vai ajudar a encontrarmos o gatinho — disse Mochi, entregando a Hiro um desenho feito à mão de um gato preto com uma mancha branca no focinho.

A ilustração parecia ter sido criada por uma criança, e, se Hiro não soubesse de antemão que era uma representação do gato que estavam procurando, poderia ter tido dificuldade para entender aqueles rabiscos.

— E o que faremos com isto?

— Mostre às pessoas e pergunte a elas — disse Mochi, apontando para o papel com os rabiscos.

— Você só pode estar brincando.

— Eu estou tentando ajudar. É tudo o que eu posso fazer.

Hiro guardou o papel na bolsa e empurrou Mochi para dentro dela.

O rapaz começou vasculhando os becos próximos, olhando nos cantos, em cima dos muros e próximo aos restaurantes. "Muito provavelmente, se eu fosse um gato, iria aonde tem peixes", pensou. Mas acabou encontrando apenas um gato malhado em cima de um telhado. Vasculharam os becos próximos pela região, mas nenhum sinal de Sora. Se pelo menos ele tivesse uma foto do bichano, poderia de fato sair perguntando pelas ruas pelo animal.

— Eu acho que conheço alguém que pode nos ajudar — disse Mochi.

— Não sendo mais um de seus desenhos, pode ser útil.

— Vamos para a praça ao lado da escola fundamental.

Hiro não estava muito confiante, mas não tinha muita escolha. Não tinha mais ao que recorrer. Os dois percorreram cerca de um quilômetro a pé. Passaram por um centro comercial, repleto de lojas de aparelhos eletrônicos e videogames antigos. As ruas estavam movimentadas, e os sons familiares da vida urbana preenchiam o ambiente. O burburinho e o som de buzinas nas ruas mais movimentadas contrastavam com o som sereno produzido pelos grilos e o crocitar dos corvos nas ruas mais calmas.

Encontraram alguns gatos pelo caminho, mas nenhum deles correspondia à descrição dada pela menininha.

Mochi fez o rapaz parar numa barraquinha de rua e comprar lula no palito, alertando de que isso faria parte do plano. O rapaz apenas obedeceu sem entender, mas também achando que era uma mera desculpa do oni para comer a iguaria.

Ao chegarem à praça, que parecia mais um terreno baldio com um balanço e um bicicletário, Mochi pegou a lula das mãos de Hiro e começou a chamar um gato.

— Pss-pss — chamou o oni, segurando a iguaria.

Hiro inicialmente pensou que Mochi estava chamando por Sora, mas logo percebeu algo incomum.

Um vento forte soprou no local, levantando folhas de bordo vermelho do chão em um redemoinho. O som de uma mordida foi ouvido, e metade da lula desapareceu repentinamente, como se tivesse sido engolida. Hiro observava, surpreso, enquanto Mochi balançava o restante da lula no ar.

— Pssiu, gatinho — chamou ele.

Outro som de mordida foi ouvido, e a lula desapareceu completamente. Um brilho surgiu perto do oni, e uma silhueta peculiar começou a se formar no ar. A silhueta escureceu antes de começar a brilhar, revelando um gato com duas caudas flutuando no ar, vestido com um quimono elegante. Hiro ficou maravilhado diante da cena surreal que se desenrolava diante de seus olhos.

— Seu nekomata safado — gritou o oni.

— Quanto tempo, Mochi — saudou o gato yokai. — A última vez que me procurou já tem alguns anos humanos. Se bem me lembro, você estava sendo caçado por um samurai, e precisou de uma ajudinha para despistar o velho guerreiro. Pelo tempo que não nos vemos, aposto que está em apuros de novo. No que você se meteu agora?

— Desta vez não estou em apuros. Desde o final do período Edo eu não me meto mais em confusões desse nível.

— Foi uma época realmente conturbada, perdendo apenas para o período Sengoku. Mas confesso que sinto falta de uma aventurazinha — disse o yokai em forma de gato.

— A idade vai chegando, a gente vai tomando jeito. Sou um arruaceiro aposentado agora.

Hiro encarava os dois com olhar arregalado.

— Precisamos de uma ajuda sua. — disse Hiro.

— Precisamos? — O nekomata olhou para Hiro, que permanecia inerte. — Ele é seu servo, Mochi?

— Não. É só um humano que passou a morar em minha casa. A gente mantém uma relação amistosa e utilitarista, apenas. É uma mera questão de conveniência.

"Sua casa?", pensou Hiro, sem esboçar nenhuma reação.

— Não trabalho com humanos há muito tempo, mas nada contra, até já tive amigos humanos. Do que vocês precisam?

— Estamos procurando um gatinho perdido — disse Hiro.

— Não é uma tarefa muito simples — respondeu o nekomata. — Nós, gatos, somos seres ariscos. Nos escondemos muito bem. Normalmente quando um gato se perde ou foi por decisão própria, e nada vocês podem fazer a respeito, ou algo muito ruim aconteceu.

— Tememos que seja a segunda. Veja, é este gato que estamos procurando — disse Mochi, entregando o desenho infantil que fizera.

Hiro se deu um tapa na testa, como se não acreditasse que Mochi realmente levava aqueles rabiscos a sério.

— Ele esteve aqui há menos de um dia — respondeu o nekomata.

— Co-como, assim? Ele só te mostrou um monte de rabisco sem sentido — perguntou Hiro, incrédulo.

Mochi e o nekomata o encararam com olhar de reprovação.

— Como eu dizia, o gatinho esteve aqui sim, mas não ficou por muito tempo. Ele se dirigiu naquela direção. — O yokai apontou com uma das caudas para a rua de baixo. — Infelizmente é toda a informação que consigo dar a vocês. Se o bichano seguiu caminhando direto, acho difícil vocês o encontrarem tão facilmente. Mas, para ser otimista, aposto que ele vem parando para procurar comida e tirar uma sonequinha. Por isso não deve estar muito longe.

— Muito obrigado — disse Mochi, fazendo uma mesura em agradecimento.

— Fiquem à vontade. Estarei sempre disponível para ajudar quem me trouxer lula no palito.

— Vamos, Hiro, já temos o que precisávamos — disse Mochi, puxando o rapaz pela mão, enquanto ele olhava sem reação para o nekomata desaparecendo numa nuvem de fumaça em pleno ar.

Os dois seguiram caminhando por uma ruazinha pacata, com casas mais tradicionais. Andaram por cerca de quinze minutos e, para a sorte dos dois, o gato estava parado em cima de um carro estacionado. O dia estava mais frio do que o normal, e o bichano procurara um motor quentinho para se aquecer. Hiro se aproximou do gato, que logo lançou a eles um olhar desconfiado.

— Chame-o pelo nome — sugeriu Mochi.

— Você quer que eu converse com um gato?

— Você tem alguma ideia melhor? Tome cuidado para não afugentar o bicho.

— Se tivéssemos algum peixe extra, talvez fosse mais fácil — sussurrou o rapaz.

Hiro se aproximou com calma para não assustar o animal.

— Sora? — disse ele, se sentindo um idiota.

— O que vocês querem comigo, e como sabem meu nome? — respondeu o gatinho se colocando de pé.

Hiro deixou escapar um grito de susto.

— Agora eu sou capaz de falar com gatos?

— Você não é o primeiro. Uma vez conheci um velhinho chamado Nakata — disse o bichano.

Hiro, ainda perplexo, percebeu o tom irônico na fala do gatinho.

— Caso não tenha percebido, o bichano aí é um yokai — informou Mochi.

— Isso mesmo — disse o felino, bocejando. — Cansei de viver como um yokai e resolvi ser apenas um gato doméstico. É mais prático. Os humanos, quando querem, são muito gentis. Sabe, chega uma hora na vida em que tudo o que a gente quer é ter um colo e ser bem tratado. Recomendo que faça o mesmo, não vai se arrepender — disse o felino, direcionando o olhar para Mochi.

— Se ele é um yokai, como a garota consegue vê-lo?

— Bakemonos — disse Mochi. — Esses yokais conseguem adquirir outras formas para se tornarem visíveis para os humanos. É mais comum do que parece. Sabe, vizinhos estranhos que moram solitários, utensílios domésticos que se quebram sozinhos ou somem de uma hora para outra. Você nunca teve um pé de meia que do nada desapareceu e nunca mais encontrou? Provavelmente era um yokai que meramente se cansou e foi para outro lugar, ou simplesmente mudou de forma.

Hiro ficou perplexo tentando se lembrar de cada pé de meia que perdeu em sua vida. Aquela era realmente uma informação útil.

— O mundo que os humanos compreendem é só a pontinha de um iceberg — disse o gato.

— Tem uma menininha te procurando, por isso viemos atrás de você — comentou o jovem.

— Você fugiu dela? A humana te tratava mal? — perguntou o oni.

— Mal? Eu era tratado como um rei. Tinha água, comida e uma casa quentinha a minha disposição.

— E por que você fugiu? — perguntou Hiro.

O gato deu uma volta no eixo, se sentou e começou a lamber a pata dianteira.

— Eu não fugi. Eu me perdi e não consigo encontrar o caminho de volta. Normalmente gatos conseguem fazer esse percurso de volta sem problemas. Acontece que eu não sou um gato de verdade. Eu segui uma menina, que achava ser minha antiga dona, e ela me trouxe até esta região. Imagina minha surpresa ao perceber que a garota que segui não era minha antiga dona?

— Se for de sua vontade, podemos te levar de volta — afirmou Hiro, cruzando os braços.

Os olhos do gato se arregalaram e brilharam.

— Eu nunca vou entender esse apego e dependência em relação aos humanos — disse Mochi.

— Vamos, entre aqui — disse Hiro, abrindo a bolsa que trazia consigo e estendendo-a para o bakemono.

O gato saltou imediatamente para dentro. E, com um miado gentil, agradeceu ao rapaz.

19

A HISTÓRIA DO GATINHO DESAPARECIDO QUE voltara para casa após as preces feitas no pequeno santuário da livraria logo se espalhou pelo bairro, e em menos de dois dias, o lugar já recebia novos visitantes que buscavam fazer suas preces ao velho marebito. Hiro naquela mesma semana percebeu um aumento na procura de livros sobre lendas antigas. Mais e mais pessoas queriam saber a respeito daquela figura misteriosa que seria um kami desconhecido e do santuário histórico que havia sido redescoberto no bairro.

Ao abrir a livraria naquela manhã, Hiro notou que havia já um homem esperando, parado na porta da loja. O rapaz parecia ansioso. Ele encarou Hiro, sem graça, o cumprimentou e então perguntou:

— Bom dia. É aqui a livraria onde descobriram um novo santuário?

— Sim. É aqui mesmo. Ele está aberto para visitas, fique à vontade — disse Hiro, limpando os olhos como se tentasse dispersar o sono que ainda o acompanhava.

— Obrigado — disse o homem, fazendo uma reverência.

Hiro apontou para o jardim nos fundos da livraria, indicando que era lá que estava o pequeno jinja. O homem olhou alguns livros pelo caminho, como se se mostrasse interessado pelos produtos da livraria, e logo depois foi ao jardim fazer uma prece.

O dia se passou, e mais duas pessoas visitaram a livraria unicamente para conhecer o pequeno santuário no jardim. Uma delas aproveitou e tomou um café e conversou um pouco com o rapaz. O santuário aberto ao público trazia clientes novos para a loja, e ter o local sagrado ativo novamente ajudaria a afastar possíveis yokais malignos. Era algo muito útil para Hiro.

Ao final do dia, Hiro foi chamado por Mochi, que estava parado à entrada do jardim, fitando algo nos fundos da propriedade com um olhar reverente. A curiosidade de Hiro foi aguçada pelo comportamento incomum do oni, e ele seguiu apressadamente o pequeno yokai até o local que tanto fascinava seu amigo. Ao chegarem ao jardim, uma sensação de paz envolveu o ambiente, e Hiro ficou sem fôlego ao contemplar o que estava diante deles.

Ali, de pé em meio ao jardim, estava o marebito revigorado, envolto em uma aura luminosa e etérea. Sua transformação era surpreendente: a aparência de um velho bêbado havia desaparecido completamente, dando lugar a um jovem com cabelos negros escorridos sobre a testa, brilhando como obsidiana polida. Seu rosto era agora saudável, com traços suaves e expressivos. Transparecia serenidade e sabedoria. Suas roupas ainda permaneciam as mesmas; ele vestia o velho conjunto de palha de arroz, mas até elas estavam diferentes, pareciam brilhar.

O kami reverenciou Hiro ao perceber que estava sendo observado.

— Obrigado, Hiro-kun.

Hiro se inclinou respeitosamente e respondeu:

— Eu que agradeço, Tetsuya-sama. Vejo que recuperou seu status de divindade. Fico feliz por isso.

— Não teria conseguido se não tivesse tido a ajuda de um humano tão gentil como o nobre Hiro-kun. Tenho uma dívida de gratidão para contigo e o pequeno Mochi.

Hiro percebera que a velha árvore atrás do santuário começara a florescer, e o jardim estava tomado por um aroma agradável.

— Há muitas estações eu não sabia mais o que era isso — disse o kami. — Eu já tinha me esquecido completamente de como era ser uma divindade. Sabe, às vezes a vida nos rouba a direção, e por não conseguirmos ver o caminho para onde seguíamos, tendemos a acreditar que o caminho não mais existe. O esquecimento mata os sonhos. Todos nós temos nosso lugar no mundo, e só nos sentimos plenamente realizados quando o encontramos. Hiro-kun, espero que algum dia você encontre seu lugar, assim como me ajudou a encontrar novamente o meu.

Hiro ficou parado pensando no que acabara de ouvir enquanto o marebito desaparecia a sua frente.

A campainha da porta ressoou, e ele voltou sua atenção para a livraria. Era mais um cliente. Hiro o atendeu, sorridente, ainda pensando no que acabara de ouvir. Já sozinho novamente na livraria, o rapaz se sentou na banqueta atrás do balcão. Enquanto o sol se punha do lado de fora e pintava a loja de tons de laranja e dourado, o rapaz pegou uma xícara de chá e apreciou o momento.

Tomou um gole da bebida e sentiu novamente o aroma agradável que vinha do jardim, que agora parecia emitir o aroma da florada das cerejeiras. Estava feliz por tudo o que estava acontecendo.

Olhou para Mochi, que cochilava calmamente em cima de uma das estantes.

Ele se lembrou de quando vasculhou os antigos pertences de seu avô e fez uma promessa a si mesmo de retornar ao armário sob as escadas para examinar tudo com calma em um momento oportuno. No entanto, a correria dos últimos dias o impediu de cumprir essa promessa. Naquele instante, ao abrir a pequena porta do armário, se deparou com as caixas empilhadas, contendo objetos que haviam pertencido a seu avô.

Após abrir cuidadosamente algumas caixas, encontrou uma velha fotografia do patriarca. Nela estava seu avô e sua avó, ainda muito novos, atrás do balcão da loja. No retrato pôde perceber uma figura curiosa no fundo. Era Mochi, que dormia em cima de uma estante. Provavelmente só quem enxergava os yokais poderia ver o que ele via na velha fotografia em preto e branco. Sentiu-se grato por seu avô ter lhe deixado a antiga livraria de herança.

Se alguns meses atrás se sentiu injustiçado por ter herdado apenas uma velha loja de livros empoeirados do homem, agora, naquele momento, se sentia cheio de gratidão para com o patriarca. Pegou o retrato e, com a ajuda de uma fita adesiva, colocou a foto do avô na parede bem de frente para a entrada, acima da estante atrás do balcão. Ficou apreciando a velha fotografia e fez um gesto de reverência por seu ancestral, como se tivesse certeza de que ele podia ver sua gratidão. Hiro naquele momento percebeu que não herdara do velho homem apenas uma loja antiga de livros, mas todo um legado. Ele era agora parte de uma longínqua história. Havia herdado também o amor pelo lugar.

O celular vibrou em seu bolso. Hiro o pegou e sorriu ao ver uma mensagem de Miguel. O namorado o convidara para um piquenique no Parque Ueno para apreciar o desabrochar das cerejeiras no dia seguinte. Lembrou-se de que, se não tivesse aceitado a herança do avô, jamais o teria conhecido. Refletiu naquele instante sobre como algumas decisões que ele tomara o levaram a lugares que ele jamais teria sido capaz de prever. Jamais passou por sua cabeça namorar um rapaz em Tóquio, mas quis o destino que aquilo acontecesse. Lembrou-se das palavras do marebito sobre cada pessoa ter seu lugar no mundo. Teve certeza de que seu lugar era ali, pois se sentia plenamente satisfeito em meio aos livros, aos yokais e ao lado de Miguel.

20

O ENCONTRO NO PARQUE UENO FOI PLANEJADO para acontecer antes do nascer do sol, com Hiro e Miguel ansiosos para encontrar um bom local para seu piquenique matinal. O parque estava envolto em serenidade, com lonas azuis marcando espaços reservados há muito tempo para esse dia especial. As cerejeiras, em plena floração, adornavam o horizonte com um rosa pálido que pintava todo o horizonte. A floração das cerejeiras é um evento muito apreciado e aguardado no Japão, marcando o início da primavera e simbolizando a beleza efêmera da vida, onde famílias e amigos se reúnem para celebrar a união, com alegria e gratidão pela renovação da natureza, e apreciar a beleza das cerejeiras em flor.

O casal estendeu uma toalha xadrez sob uma das árvores em flor. Miguel retirou do cesto um pote de geleia, algumas torradas e sanduíches, enquanto Hiro observava com satisfação o namorado espalhar a geleia nas torradas com um cuidado quase cerimonial. O aroma das comidas se misturava e se harmonizava ao aroma do orvalho que ainda tomava conta de todo o parque.

Miguel estava animado naquele dia, e não parava de falar. Hiro apenas ouvia as histórias do namorado enquanto se banqueteava com os quitutes que haviam preparado. Quando menos percebeu, o parque já estava lotado de pessoas, sentadas ao lado deles, e caminhando pelo lugar. Crianças brincavam, e casais aproveitavam o momento juntos. Era um oásis em meio à turbulência da cidade grande.

Conforme a manhã avançava, uma brisa suave espalhou uma chuva de pétalas sobre a multidão, que ergueu seus celulares para capturar o momento tão esperado. Hiro se levantou, puxando Miguel consigo, e juntos compartilharam um abraço, imortalizando a cena com suas câmeras em meio à chuva de pétalas.

Ao se sentarem novamente e revisarem as fotos, Hiro notou algo especial. Além dos sorrisos bobos, que denunciavam uma paixão nítida entre os rapazes, podia se ver ao fundo, no meio da multidão, a silhueta de figuras conhecidas. Eram Ayane, Mochi e o tengu, sorrindo um pouco distantes atrás dos rapazes em meio à chuva de pétalas.

Hiro postou em seu Instagram a foto com a legenda:

Queria que vocês tivessem meus olhos, para verem tudo o que consigo ver, e entenderem por que estou tão feliz. A felicidade nem sempre é óbvia. O amor tem caminhos confusos, mas se tivermos coragem para abraçar o desconhecido, poderemos encontrar as mais belas surpresas. 🌸🐦 #Hanami #Primavera #Felicidade

Glossário

Amaterasu: A deusa do sol no xintoísmo, considerada a ancestral da família imperial japonesa.

Bakemono: Termo genérico para "monstros" ou "seres sobrenaturais" no folclore japonês que possuem capacidade de mudar de forma.

Bishamonten: Um dos Sete Deuses da Sorte do Japão, deus da guerra e da fortuna.

Burakumin: Uma comunidade historicamente marginalizada no Japão devido a suas ocupações tradicionalmente associadas a trabalhos considerados impuros.

Fios de inro: Pequenos recipientes tradicionais japoneses usados para armazenar selos e medicamentos, geralmente pendurados no obi (cinto) de um quimono com um fio.

Futon: Um tipo de colchão japonês fino, geralmente feito de algodão, que pode ser dobrado e armazenado durante o dia.

Genji Monogatari: Um clássico da literatura japonesa, escrito por Murasaki Shikibu no século XI, que conta a história do príncipe Genji e sua vida amorosa.

Genmaicha: Um chá verde japonês misturado com arroz integral torrado, conhecido por seu sabor suave e levemente tostado.

Hannya: Uma máscara japonesa usada no teatro Noh, representando uma mulher ciumenta ou demoníaca.

Hitaikabukushi: Uma faixa de tecido usada na testa, muito usada em rituais funerários do budismo.

Ikebukuro: Um distrito comercial e de entretenimento em Tóquio.

Inari: O deus do arroz, da fertilidade e da agricultura no xintoísmo.

Itadakimasu: Uma expressão japonesa usada antes de uma refeição, para expressar gratidão pela comida que se está prestes a comer.

Izanagi e Izanami: Os deuses criadores no mito da criação japonesa, responsáveis por criar as ilhas do Japão e muitos dos deuses e deusas.

Jigoku: É um conceito do mundo pós-morte na tradição budista onde as almas são julgadas e punidas de acordo com seus pecados.

Jinja: Um santuário xintoísta.

Kamaitatchi: Yokai em forma de doninha que corta a pele das pessoas com suas presas e garras afiadas como foice. Ele ataca tão rápido que é confundido com o vento.

Kami: Espírito ou divindade no xintoísmo que pode habitar objetos naturais ou ser representado por fenômenos naturais.

Kappa: Criatura lendária da mitologia japonesa, muitas vezes descrita como uma mistura de sapo e tartaruga. Adora pepinos.

Kodama: Espírito da floresta que habita as árvores.

Marebito: Visitante divino ou espírito que visita o mundo humano.

Matcha: Chá verde em pó usado na Cerimônia do Chá japonesa.

Matsuri: Festival japonês, muitas vezes associado a templos e santuários xintoístas.

Momotaro: Um herói popular em contos folclóricos japoneses, conhecido como o "Menino Pêssego".

Nabe: Um prato de comida japonês que se refere a um tipo de ensopado preparado em uma panela de barro ou ferro. Geralmente, contém uma variedade de ingredientes, como legumes, cogumelos, tofu, frutos do mar ou carne, cozidos em um caldo saboroso.

Nekomata: Uma criatura do folclore japonês, uma espécie de gato demoníaco com habilidades sobrenaturais.

Netsuke: Pequenas esculturas usadas como fixadores para os inro, evitando que eles escorreguem do obi.

Nihon Shoki: Também conhecido como *Crônicas do Japão*, é o segundo livro mais antigo da história do Japão, que contém mitos e lendas sobre a origem do Japão.

Oni: Demônio ou ogro do folclore japonês, muitas vezes retratado com pele vermelha, chifres e garras.

Onigiri: Bolinho de arroz japonês, geralmente em forma de triângulo ou bola, muitas vezes envolto em alga nori.

Onsen: Fonte termal natural, um destino popular para relaxamento e cura no Japão.

Papel shoji: Papel translúcido usado nas portas e divisórias tradicionais japonesas.

Período Edo: Um período da história do Japão que se estende de 1603 a 1868, caracterizado pelo domínio dos xoguns Tokugawa.

Período Meiji: De 1868 a 1912. Foi uma era de transformação no Japão, marcada pela restauração do poder imperial e modernização rápida. Sob o reinado do Imperador Meiji, o país aboliu o sistema feudal, adotou políticas de industrialização e ocidentalização e se tornou uma potência econômica e militar. O período Meiji trouxe mudanças sociais, políticas e culturais profundas que moldaram o Japão moderno.

Período Sengoku: Também conhecido como "Período dos Estados Combatentes", um período da história japonesa caracterizado por conflitos generalizados e guerra civil. Não há uma data exata de início ou término, mas geralmente é considerado como começando após a Guerra Ōnin (1467-1477) e terminando com a unificação do Japão sob o xogunato Tokugawa em 1603.

Portão torii: Um portal tradicionalmente encontrado nas entradas dos santuários xintoístas, simbolizando a transição do mundo mundano para o sagrado.

Sakazuki: Uma pequena taça plana usada para beber saquê durante cerimônias e celebrações.

Senbon Torii: Literalmente "mil portões torii", uma passagem coberta por uma série de portões torii, no Santuário Fushimi Inari-taisha em Kyoto, Japão, formando túneis vibrantes que simbolizam a entrada para o sagrado e a devoção a Inari, a divindade xintoísta do arroz e da prosperidade.

Setsubun: Festival japonês que marca o início da primavera, muitas vezes celebrado com rituais para afastar os maus espíritos.

Shiden-zukuri: Um estilo de arquitetura japonês caracterizado por telhados em forma de sela, muitas vezes associado a templos e palácios.

Shimenawa: Uma corda de palha ou cânhamo usada no xintoísmo para marcar áreas sagradas ou objetos.

Shirikodama: Órgão humano místico fictício que os kappas retiram dos seres humanos através do ânus.

Shuten Doji: Uma figura lendária, muitas vezes retratada como um líder oni (demônio) que viveu no Monte Oe e foi derrotado pelo herói Minamoto no Yorimitsu.

Sugawara no Michizane: Foi um político e erudito japonês do período Heian. Ele foi injustamente exilado e morreu longe de sua terra natal, mas depois de sua morte, ocorreram calamidades atribuídas a sua ira espiritual. Por isso, ele foi deificado como Tenjin, o deus da aprendizagem e dos estudos. Sua história é muitas vezes associada ao Santuário Tenmangu, onde as pessoas rezam por sucesso acadêmico.

Teatro Noh: Forma tradicional de teatro japonês, conhecida por suas máscaras e movimentos estilizados.

Tengu: Criatura do folclore japonês, muitas vezes retratada como homem pássaro com nariz longo e asas.

Tsuina Shiki: Um ritual tradicional japonês realizado para afastar maus espíritos e purificar os lares.

Uchiwa: Um leque japonês, muitas vezes usado durante o verão para se refrescar.

Xintoísmo: A religião indígena do Japão, que enfatiza a adoração dos kamis (espíritos ou divindades).

Yokocho: Pequenas ruas ou becos estreitos encontrados em áreas urbanas do Japão, muitas vezes associadas a bares e restaurantes.

Yukata: Um tipo de quimono informal de verão.

Yurei: Fantasma ou espírito assombrado da mitologia japonesa.

ASSINE NOSSA NEWSLETTER E RECEBA
INFORMAÇÕES DE TODOS OS LANÇAMENTOS

www.faroeditorial.com.br

CAMPANHA

Há um grande número de pessoas vivendo com HIV e hepatites virais que não se trata. Gratuito e sigiloso, fazer o teste de HIV e hepatite é mais rápido do que ler um livro.
FAÇA O TESTE. NÃO FIQUE NA DÚVIDA!

ESTA OBRA FOI IMPRESSA
EM SETEMBRO DE 2024